樱之学院
恋之簿
NOTEBOOK OF LOVE FOR THE ORIENTAL SAKURA COLLEGE

A NOTEBOOK OF LOVE FOR THE ORIENTAL SAKURA COLLEGE
真的很高兴很高兴能够遇见你，
无论如何，有你，真的太好了。
从遇见你的那天开始，我就知道我的生命已经跳出了原来的轨迹。

© SOL.Bianca Creation works

A NOTEBOOK OF LOVE FOR THE ORIENTAL SAKURA COLLEGE
比起「要死一起死」的结局，
我更期待由我来救你。
这样，你至少还活着，至少我还有信仰。
© S.O.L.Bianca Creation works

樱之学院
恋之簿

A NOTEBOOK OF LOVE FOR THE ORIENTAL SAKURA COLLEGE

喵哆哆 著

天津出版传媒集团
天津人民出版社

图书在版编目（CIP）数据

樱之学院恋之簿 / 喵哆哆著. -- 天津 : 天津人民出版社, 2016.2
ISBN 978-7-201-10123-1

Ⅰ. ①樱… Ⅱ. ①喵… Ⅲ. ①长篇小说 - 中国 - 当代
Ⅳ. ①I247.5

中国版本图书馆CIP数据核字(2016)第023162号

樱之学院恋之簿
YINGZHIXUEYUANLIANZHIBU
喵哆哆 著

出　　版	天津人民出版社
出 版 人	黄　沛
地　　址	天津市和平区西康路35号康岳大厦
邮政编码	300051
邮购电话	（022）23332469
网　　址	http：//www.tjrmcbs.com
电子信箱	tjrmcbs@126.com
责任编辑	玮丽斯
特约编辑	李　黎
装帧设计	胡万莲
责任校对	落　语
制版印刷	湖南省众鑫印务有限公司
经　　销	新华书店
开　　本	660×960毫米　1/16
印　　张	16
插　　页	2插页
字　　数	175千字
版权印次	2016年2月第1版　2016年2月第1次印刷
定　　价	25.80元

目录

目录

A NOTEBOOK OF LOVE FOR THE

ORIENTAL SAKURA COLLEGE

第一章 01

跟我回家的小狐狸

韩国。

从便利店出来，陈韵儿手里拎着两个大购物袋，袋中装的是这一礼拜的早、中、晚饭。因为平常做兼职的缘故，所以实在没有时间去做一个“贤妻良母”，况且家里也只有她一个人，即使做一桌子菜也不会有人跟她分享。

不对，其实还是有一个贪吃鬼的！

凌若兮那个家伙腰缠万贯，却宁愿跟她混在一个小公寓里吃家常菜。

想到此处，陈韵儿的眉眼处都稍稍有点儿柔和，提在手上的袋子也没有原先那么重了。不过那个家伙自从回去后，就再也没有联系过她……难道是将她忘记了吗？

不可能，明明若兮那么迷恋她的厨艺，还说要拜她为师呢。

似乎是暗暗下了决心，陈韵儿握紧了手中的购物袋。

“吱吱。”

一个奇怪的声音从陈韵儿的脚下响起，陈韵儿低头一看，是一只雪白色皮毛的小生物。她蹲下身，才惊讶地发现那只小生物竟然是只狐狸！

狐狸的眼睛很漂亮，细长而妖冶。它琉璃色的瞳孔直直地盯着陈韵儿。

“真是个漂亮的小东西……可是很抱歉，我不能抱你回家，我连自己都养不起，更别说收养你了。”陈韵儿摸了摸狐狸雪白的毛发，心生怜惜地从购物袋中拿出一个面包递给它。

狐狸似乎通人性，它用鼻子嗅了嗅面包，继而张开嘴巴咬住了面包，细软的舌头碰到陈韵儿的指尖，湿润至极。陈韵儿颤了颤手指，想要立刻收回来，结果被那个小东西“嗷呜”一口咬住食指不放。

“你……快张嘴！”陈韵儿皱了皱眉头，虽然狐狸的牙齿抵到她的手指上，但是显然没有很疼痛的感觉，说明小东西没有用力。

小家伙摇了摇尾巴，用琉璃色的瞳孔看着陈韵儿，松了下口中的手指，又盯了陈韵儿一会儿才缓缓张开嘴巴。

“好了，我先走了。”陈韵儿轻笑，捏了捏狐狸两个白色的小耳朵，站起身，拎起身旁的两个购物袋刚迈出一步，就摔了一跤。手上的面包全部被压在了身下，成了面包饼。

身旁的小家伙弹了弹自己的小细腿，在自己的小细腿上吹了一口气，之后斜视着正趴在地上的陈韵儿。

“真是的，难道是光线太暗了吗，不然怎么会无缘无故摔倒？”陈韵儿站起身拍了拍衣服上的灰，没有多想就往原路回去。

天已经漆黑了，穿过小巷子的时候陈韵儿走得有些快，前段时间这里出了不少抢劫事件，但是这又是她回家的必经之路……她还是走快点儿吧。

“啪啪。”

后面传来木质人字拖击打在地的声音，不急不缓，但是一直在陈韵儿身后。

陈韵儿害怕得不敢回头，又加快了脚步。哪知她加快了脚步，后面的频率也快了起来。

不会那么倒霉吧？

突然一个黑色身影拦在她身前，昏暗的路灯映出对方猥琐至极的笑脸，一口大黄牙露在外面："小妹妹，哥哥现在口袋干瘪，要不要给哥哥续点儿生活费啊？"

"不要！"陈韵儿不敢多看他一眼就急忙拒绝，张口后才惊觉自己犯了一个愚蠢的错误。

一般遇上这种人都要当成没看到没听到，然后转身离开，说不定还有逃走的机会，但是她现在这样当面拒绝，显然会轻易激怒对方出手……她会被打死吗？

大黄牙笑容不变，两只眼睛已经小得看不清楚了："小妹妹，你不给，哥哥可就自己拿了啊。"

说罢大黄牙伸出手来就要抓陈韵儿。

眼见大黄牙就要抓住她的手臂，陈韵儿拔腿就跑。但这个地方是回家的必经之路，如果往反方向跑出去的话，依旧要返回这条小巷回家的。

忽然陈韵儿眼前一白，一只神秘的生物飞跃而过。

当她回头的时候，见到了此生最神奇的画面！

雪白的生物伸出细长的小腿，在空中一个翻滚，以大黄牙为目标，精准地狠狠地一个回旋踢——踹在了大黄牙的眼睛上！随后大黄牙一阵狼嚎，捂住自己的左眼，而另一只眼睛则是在找肇事者。不过小狐狸完全不给他机会，直接蹿到大黄牙的脸上，用爪子胡乱地抓了起来。

此狐狸武功天下无敌！

狼嚎的声音撕裂黑色的苍穹，看不见路的大黄牙在小巷子乱窜，像极了无头苍蝇……可能是忍受不了疼痛，大黄牙头也不回地飞奔出小巷子。

还保持着原来动作的陈韵儿，收起自己由于震惊而扬起的下巴，愣愣地看着站在地上向她摇尾巴的小狐狸：“此生物竟然还会武功，生平未见。”

说罢，她一把抱起地上的小狐狸，以“我要经常路过这条巷子，我需要会武功的狐狸保护”为由，堂而皇之地偷了“别人家”的狐狸，狂奔回了家！

陈韵儿刚打开房门，手机铃声响了起来。

“喂，若兮。”陈韵儿把手机夹在肩膀上，然后歪着脑袋听电话。两只手将购物袋放到厨房，顺便打开冰箱将面包放了进去。

“什么嘉川学院，我不去。”陈韵儿皱起眉头低声拒绝，而手机那端的凌若兮咆哮声整个房间都能听见。

晚风吹着玻璃窗，房间内的气氛一下子变得凝重，之前还有些愉悦的心情悄然滑走。

“行了，我不想去。现在这个学校挺好的。”陈韵儿拿下夹在肩膀上的手机，也不管凌若兮还有多少话没说，直接挂断了电话。

嘉川学院……陈韵儿轻笑。

在C市的人有谁不知道这个学校呢。嘉川学院的建筑模仿了欧洲中世纪的风格，古典而优美，因为周围环海的关系，学校安排了大轮船固定时间来回接送学生。

这样的学校，她陈韵儿怎么可能读得起？

父母离异，所有的生活负担都落在了她自己的肩膀上。现在在公办学校读书，要不是学校有奖学金，可能她就没办法读下去了。

陈韵儿苦笑了一下，凌若兮的家庭比较富裕，可以算是千金小姐。所谓的嘉川学院，对于她而言确实应该去，拉着小提琴，学着芭蕾舞，过着无忧的日子。虽然凌若兮可以向校方邀约她一并过去，但是那种大小姐的生活极度不适合她吧。而且……在学校里面的生活费她负担得起吗？

"砰砰砰！"

"砰砰砰！"

雪白的狐狸在沙发上懒懒的摇着尾巴，丝毫不理会门外的响声。

这个时间谁会突然到她家来？况且陈韵儿认识的人真是少得可怜，她瞧了瞧猫眼，很是无奈地打开了门。

站在门外的女生一脸啜泣，肩膀一上一下地抽动，小洋裙也随之摆动。

"小韵，我话都还没说完你就挂电话了，再打你就关机。你怎么这样狠心对待我！"凌若兮的娃娃脸皱成了一团，纤细的手戳着陈韵儿的胸口，一把将她推了进去，继而毫不客气地用脚把门给踹上了。

"因为手机没电了啊……"陈韵儿弱弱地撒了个谎，谁知凌若兮根本不理会，伸手就把手上的包丢给了她。

"我才不管！你为什么就是不答应跟我去嘉川学院！"凌若兮双手叉腰，跟进门之前的楚楚可怜完全不吻合。

陈韵儿一脸苦笑道："你也知道我家的状况啊，完全离不开这个小小的C市呀。"

房间沉默了一会儿，凌若兮从陈韵儿手中拿回包包，然后从其中抽出一个文件夹。

"这个是学校的补助金，是我向学校申请的。就是因为知道你家的状况，我想你在这边租房子住也不太安全，所以才要求你跟我一起去嘉川的。一来可以方便彼此照顾，二来对于你将来的前途也算是不错的铺垫了。”

柔柔的目光看向凌若兮，陈韵儿没有接过文件夹。蓝色的文件夹在阳光下泛着光，而里面的东西却太过沉重。

“若兮，我不能接受这个。我不想让别人说我和你交朋友是想占你的便宜。”

对于别人的东西，陈韵儿知道这是可看而不能摸的。公办学校的奖学金是她自己争取来的。每年的成绩都不低于全校前五，学校才发给她奖学金。虽然奖学金也就几千块钱一学期，不过那是自己争取的，是她应得的，不是别人赠予的。

“什么占便宜啊，小韵！好朋友之间需要提这个吗？”凌若兮不管陈韵儿的推辞，将那个文件夹塞入她的手中，“对了，还有这个！”

凌若兮从包中拿出另外一个文件夹：“这个是嘉川学院的入学通知书。不管你去不去读，我都已经通知嘉川学院的理事长你入学的这件事儿了。”

陈韵儿接过文件夹，她知道凌若兮的意思。把所有该给的东西都给了她，凌若兮在等着陈韵儿的决定，她把做决定的权力给了陈韵儿。即使两个人的脾气不相同，却是互相了解的。

“若兮，这是何苦呢？”陈韵儿把文档夹放在沙发上，“你也知道我去那里根本不合适。”

“什么不合适！小韵你这么可爱，去哪里都会合群的。而且你的学习成绩那么棒，一定有机会得到学校的奖学金的。嘉川学院的奖学金可是能支付你所有的学费和生活费呢！”凌若兮抱住陈韵儿，在她脸上蹭啊蹭，俨然像只小猫咪。

啊，这……陈韵儿叹了口气，最终还是抗不过凌若兮的撒娇攻势。

“我知道了，到时我会去的。”

“我就知道小韵最好了！”凌若兮整个人都扑在了陈韵儿的身上，完全不顾淑女形象地开始蹭啊蹭。

沙发上的狐狸抬了抬头，细长的眸子看了看她们，似乎有些生气。因为它的尾巴……被陈韵儿一屁股坐到了下面。

随后原本还扑在陈韵儿身上的若兮一下子飞奔到小狐狸身边：“哇，好可爱啊！别人送你的是吗？”

陈韵儿呆了呆，说：“不是。”

坐在沙发上的陈韵儿将刚刚在小巷子发生的事儿重复一遍给凌若兮听，凌若兮越听越气愤，越气愤越要让陈韵儿转学。在威逼利诱之下，陈韵儿终于“心甘情愿”地打算跟凌若兮去嘉川学院。

“不过小韵，这只狐狸能给我养吗？它长得好漂亮！”凌若兮一边摸着狐狸的毛，一边笑着对陈韵儿说。

显然不领情的狐狸在若兮说出这句话的时候，已经飞跃到陈韵儿怀里顺便撒撒娇，陈韵儿耸耸肩：“它已经自己做出了选择……你懂的，若兮。”

凌若兮气得头顶都能冒烟了，哼了一声就自己做主去小韵的房间睡觉了。

第二天被凌若兮逼着整理好行李，然后两个类似于搬家公司的人帮忙提走了行李。临走之前，陈韵儿差点儿忘记抱走还躺在沙发上的牛牛（陈韵儿随口取的狐狸的名字）。

保姆车已经安然地停在了陈韵儿家门口，她望了望干干净净的出租房，深吸一口气后提腿迈向了门外。

直升机盘旋在陈韵儿家大院子的上端，不知道的人还以为她陈韵儿是有钱人家的孩子。陈韵儿抬头看了看头顶上的直升机，深深地叹了口气，有点儿认命地踩上了云梯。

嘉川学院坐落在C市海岛上，学校跟外面的交通工具就是定时来往的大轮船，蔚蓝的海就像另一片天空。一团团的白云映在海面上，数叶白帆，在这天水一色金光闪闪的海面上，就像几片雪白的羽毛似的，轻悠悠地漂动着，漂动着。

“好漂亮！”陈韵儿趴在直升机的窗户上，看着底下那一片碧海。

“是吧！我就说你不会后悔的！”凌若兮捧着自己的脸颊，故作羞涩地摇来晃去。

被抱在怀里的牛牛惬意地蜷缩着，但是那双琉璃色的眸子却是若有所思地看着窗外，接着用锋利的爪子抓了抓自己的毛发，装出一副事不关己的样子。

“小韵，你家牛牛怎么像人似的。”凌若兮伸出手，正想抓下牛牛的脑袋，谁知牛牛用那琉璃色的眼眸直勾勾地看着她，冷漠非常，吓得凌若兮不敢动手了。

陈韵儿低头看了看牛牛的表情，“扑哧”一下笑出了声，她真是觉得这只狐狸越来越像人了。思及此，陈韵儿摸了摸牛牛的头，谁知它竟温顺地低下头，闭上眼睛一脸享受的样子。

“哼。真是讨人厌的狐狸！”凌若兮吃醋地噘起嘴巴，脸颊涨得通红。

很快，直升机降落停稳，她们迈入了一片草地。

凌若兮和陈韵儿远远看去，密密麻麻的建筑物真的闻名不如眼见，模仿中世纪欧洲建筑物特点的教学楼无处不透露着神秘感。

“走吧，理事长还在等我们呢。”凌若兮戳了戳还在发愣的陈韵儿。

陈韵儿回过神，笑了笑，便跟上了凌若兮的脚步。

沿着棕色的楼梯走到尽头，才看到有一间不起眼的办公室，门外挂着“理事长”三个字的牌子。

凌若兮敲了敲门，门自动打开了。

“请问……理事长在吗？”凌若兮在门口张望了下，发现里面没有人，就大胆地走了进去。

陈韵儿抱着手上的牛牛，也跟着走了进去。

房间的尽头是天蓝色的窗帘，被风吹得乱动。窗户的左侧是一排书架，上面放满了图书。离窗户三米远处有一张办公桌，上面有一台笔记本电脑，桌上有许多被吹得凌乱的文档。窗户的右边是一台挂壁式的投影仪，另一边就是一张长沙发。房间很宽敞，但东西放得很少。

“请问……有人吗？”凌若兮又喊了一遍。

但是房间空荡荡的，很显然没人在。

陈韵儿观察了下房间，把自己填好的入学资料放在办公桌上，手指刚刚碰到桌面，就听到“砰”的一声。陈韵儿吓得马上缩回了手，转头看向了声音响处。

“我说……”地面上的物体动了动，抬起手臂，抓起一旁的眼镜，戴了回去之后才缓缓地爬了起来，“不知道现在是午休时间吗？”

“对不起，对不起！”陈韵儿一口气提到嗓子眼，不停地鞠躬道歉，而一旁的凌若兮显然有点儿吃惊过了头，半天没有反应。

地面上的物体站了起来，掸了掸衣服上的灰尘。陈韵儿余光瞥见对方的样貌，不由得停下了鞠躬的动作。一直以为这么男性化的房间，理事长会是男人，但是没想到理事长却是女人，更没想到的是，她的年龄看起来才二十出头。

很年轻的一个女人，戴着精致的金丝边眼镜，火红色的头发随意地扎着，一身黑色的女士西装完美地把她的身材勾勒出来。

是一个很年轻貌美的女人。

“对不起，我们是来交入学资料的。”陈韵儿把手上的资料向她递了过去。

对方推了推眼镜，颓着肩膀叹了一口气：“好好的午休竟然被打扰了……真是糟糕。”

她大大地打了一个哈欠，眸子依旧没有精神。整个状态让人看上去就像一个精神萎靡的学姐。

这让陈韵儿和若兮对她的身份充满了疑问：“请问你……是清水理事长吗？”

“如假包换。”她懒懒的坐在办公桌后面的皮椅上，伸出手，“把你们的入学资料拿来吧。”

“嗯？哦！”陈韵儿迟钝地把资料递了上去，里面有她和凌若兮的入学资料。

“凌若兮……你父亲跟我谈过你，我知道你要入学的事儿。但是陈韵儿……”清水摸了摸下巴，“好像是最近几天才决定的事儿吧？所以你们没有被分配在一个班级，凌若兮你是高二B班，陈韵儿你是高二C班。”

“咦？为什么！”凌若兮听到这句话从一边跳出来，眉头紧得可以夹死一只苍蝇了。为什么不能跟小韵一起！我是打算和小韵一个班才愿意转到嘉川学院的，现在居然不能同一个班！

被质问的清水理事长大大地打了一个呵欠，眼角噙着犯困的泪水：“为什么……因为你们报名的时间有长短，学校是根据报名的序号来排班级的。”

“不公平！”

凌若兮嘟起小嘴，就差把脸蛋搁在办公桌上了。

“怎么会呢。”清水左手托腮，眼神迷茫得像是随时都能睡着一样。

“哼，你这个……”凌若兮双手一拍桌子，鼻子都能喷出厚重的气了，就差要吼出来的时候，被陈韵儿拦住了，“行了，若兮，不是一个班也没关系，我可以常常去你们班啊。”

凌若兮侧头看向陈韵儿，那快要冒火的眼睛瞬间变成星星眼，泪水盘旋着就要掉下来了：“小韵……难道就任由这个莫名其妙的人将我们分开吗？”

听到这句话，陈韵儿立刻石化了……

“别闹。”陈韵儿揉了揉凌若兮的头发，“学校安排好的，就不要刻意改变了。”

凌若兮眼泪汪汪地看着陈韵儿，也没有再说什么。

“那么，理事长，我们先告辞了。”陈韵儿牵起凌若兮的手，稍稍鞠了一下躬，便打算退出办公室。

“哦？陈韵儿？”清水眯着眼睛看似不经意地瞟过陈韵儿，实际却是在打量她，“你的狐狸长得不错。”

咦？竟然忘记趴在肩上的牛牛了！

陈韵儿脸上一红，迅速地退出了办公室。

嘉川学院的最大特点就是，全校的男女寝室如同单身公寓一样，有单独的卧室、卫生间以及厨房。每个学生都是独自被安排在一个寝室的，换言之，就是学校的每一个学生都拥有这样的单身公寓。

如果自己不会做饭，也用不惯厨房，学校有不错的学员食堂，厨师都是精心挑选才能进入嘉川，而且据说嘉川厨师的点心做得简直一流。

食堂的饭菜以及甜点，都是从各个国家空运，所以每顿的餐费都非常高。

“小韵！”

房间的门被凌若兮一脚踢开——好吧，其实是她没关。

陈韵儿走出厨房，腰间的围裙还没解开就被凌若兮一把扑倒，然后如猫咪一样地蹭啊蹭。

“小韵，我闻到香味了！你煮了鸡丝粥对不对！”凌若兮两眼水汪汪地看着陈韵儿，继而毫不犹豫地在陈韵儿的脸上“吧唧”了一下，立刻就蹦跶去了厨房。

真是……陈韵儿从床上狼狈地爬起来，若兮这家伙在折腾她吧？之前说得多好听，学校有助学金，她希望自己陪着……结果就是要自己来帮她做饭的吗？

不过以若兮家族的地位在这边上学完全不成问题，若兮会来蹭她的饭完全是怕她寂寞……在这个学校，若兮是她唯一的朋友，如果没有她的陪伴，那也不过是回到了原先过的日子。

其实若兮是怕她一个人难过，所以才会一直缠着她，想尽一切办法让她来嘉川学院吧……

其实在凌爸那一方面，若兮她肯定做了很多工作，不然不会那么容易让她来嘉川的。现在装作很不要脸地蹭饭吃，真实原因是，若兮不想她一个人而已。

若兮她……真是一个心思缜密的女生。

陈韵儿的嘴角稍稍上扬，抱起床上的牛牛一并走到厨房。

“学校的厨房挺大的，比我租的那个地方还要大。里面的器具都很齐全，而且质量都是上等的。房间也很大，床挺软的，床头灯也很可爱。窗外的风景很漂亮，海风很舒服。”陈韵儿拿了一个陶瓷碗，给凌若兮盛上一碗鸡丝粥，“其实我挺喜欢这里的。”

窗外的阳光映了进来，把厨房的厨具照得都有了光泽。从厨房的窗外这端看出去能看到一望无际的海，阵阵海风吹来让人感觉很舒服。

凌若兮听到陈韵儿的话，眼角微微上扬了一下：“小韵，以后有我在的日子，你不需要一个人承担什么了。”

良久，整个厨房都没有声响，只听到汤勺碰到碗的声音。海风徐徐地吹起了陈韵儿的长发，她的眼睛泛起了泪光。

“嗯。”

因为刚刚到嘉川学院的缘故，有不少东西需要搬进寝室，所以陈韵儿跟若兮吃好饭就迅速开始整理起来了。

搬完行李，陈韵儿顿时感觉少了什么东西。

看着整个光明透亮的寝室，陈韵儿一拍大腿，牛牛不见了！

肯定是她整理行李的时候，牛牛走出了寝室……思及此，陈韵儿便立刻跑出寝室，去楼下寻找。

刚下楼就猝不及防地与一个人撞得满怀，脸上划过的触感……动物的毛发！

“对不起，对不起！”陈韵儿慌忙低下头道歉，不过眼睛却是偷偷在看被撞到的人。

眼前这个人黑色的头发稍长，遮住了左边的眼睛，下巴的线条很好看……难道这里盛产帅哥吗？

对面的人微微一笑，说道：“没关系，是我出现得太突然了。”

连说话都这么文雅，笑起来更帅了！

“我叫凤鸾。”对方含笑伸出手。

还未等陈韵儿伸出手，凤鸾的手腕上被某一动物狠狠地咬了一口！

“牛牛！”陈韵儿惊呼道。

凤鸾皱了皱眉头：“这是你的宠物吗？刚刚我在路边看到它，想想应该是女生宿舍的，所以抱过来问问有没有人丢了宠物。不过你的宠物……还真是不客气呢。”

说罢，凤鸾低头看了眼被咬得血淋淋的手腕，这家伙还真是“口不留情”。

陈韵儿的心都提到嗓子眼了：“真是不好意思，先到我寝室来消下毒吧！不然会感染的……其实最好应该是打下疫苗……”

陈韵儿抓住凤鸾的手慌忙跑向自己的寝室，而原本被凤鸾抱在怀里的牛牛也不知道因为什么事，从凤鸾身上跳下来后，头也不回地往相反的方向走。

其实本来他想说，医务室就在寝室公寓的旁边。但是凤鸾见眼前的女生关心自己的样子，心下一暖，也就随着她去了。

A NOTEBOOK OF LOVE FOR THE

ORIENTAL SAKURA COLLEGE

第二章 02

诡 异 的 学 校

仿古建筑走廊的墙壁上刻满了壁画，栩栩如生，但画风很复杂。

陈韵儿手上抱满了书本，她也不想一次性抱那么多，无奈光是第一天的课程就需要这么多参考书。

这里的教学楼跟普通学校的教学楼相比大了很多，所以导致陈韵儿把凌若兮送到B班后，发现根本找不到自己所在的C班。除去教室和厕所外，别的都是宽敞的建筑物，精工的雕花使整个大厅看上去大得让人觉得空旷。

地面上是毛绒地毯，火红色的底色加奇异的花纹，使得这个学校的气氛很是怪异。

“哎哟！”

陈韵儿只顾着看地毯，都忘记看前面了。所以她那叠得高高的书本，一不小心就擦到了正在走路的一个女生。

“对不起对不起，我不是故意的。”陈韵儿立马放下书，不停地道歉。

她发现了！这几天她都在不停地道歉中度过……

站在陈韵儿对面的女生长得很漂亮，及腰的大波浪长发，蓝色的美瞳更加凸显了她的美丽，东方人特有的小巧鼻子，嘴唇很丰盈。她穿了一身合身的校服，超短裙配黑丝袜，性感得无法言喻。

“没关系，碰撞难免的。”女生款款大方地伸出纤细的手，笑得温柔至极，“你好，我叫杨沫沁。”

倒是让陈韵儿吓得不知道该伸出左手还是右手了：“你好，我叫陈韵儿。”

杨沫沁微微一笑，能走在这个走廊里的，必定是这个学校的学生，但是看着陈韵儿没有穿校服的样子，她倒是没了主意：“你是C班的吗？”

“是，是C班的！”陈韵儿笑得很僵硬。

说实话，她不知道怎么跟这些人相处。以前在原来学校读书的时候，大家都是贫困生，有什么说什么，也没有什么大忌，一切都是以开心为前提。可是这些人，平常的礼数就多得不胜其烦，还有一些交际……她完全不了解，又怎么跟这些人相处呢。

“不要这么紧张，我又不是吃人的老虎。”杨沫沁抿起嘴巴偷笑了一下，顺道一起帮陈韵儿搬了一些书本，“C班就在前面，我跟你一起过去吧，我也是C班的。”

陈韵儿有些惊讶，原来这些人都这么友好，之前还一直想象该怎么面对傲慢无礼的人呢。

陈韵儿回过神，嘴角上扬起了一个大大的微笑，继而在映上阳光的地毯上追向了杨沫沁。

当一个瘦高的男人抱着一叠教材走向讲台的时候，陈韵儿的眼睛都要瞪出来了……这个人不就是前几天被她的牛牛咬伤然后她慌张地领着他到寝室消毒的风鸾吗！

他怎么是高二C班的班主任？

竟然是她的班主任！

陈韵儿吃惊地看着讲台上的凤鸾，看见他手腕上还包扎着纱布，心里升起一丝内疚，也不知道他的伤口是不是很严重。不过这个凤鸾年纪看上去并不大，头发稍显得有点儿长，时常遮住眼睛。也许是不想让人看到他眼睛的深邃，所以刻意留长了头发，不过这也增加了他的神秘感。

底下的女生很多都在窃窃私语说班主任长得好帅，所以凤鸾在学校还是很受欢迎的。

凤鸾整理好教学的文档，在执教台上看着下面学生进行自我介绍。并没有什么过多的表情，很冷漠的样子，不过大概因为先前见过了，凤鸾偶尔对上陈韵儿的视线时会微微笑一下。

一天的课程结束后，陈韵儿的心情非常好，她之前以为学校的同学都会很难相处，可是今天看到大家都很友好的样子。

看似平静的高中生活就这样拉开了帷幕。

一个星期后的某天凌晨，陈韵儿在睡梦中听到外面有很嘈杂的声音，她皱了皱眉把牛牛在怀里揽得更加紧了些。小家伙似乎是吃不消，从陈韵儿怀里挣脱出来，伸出小舌头就舔她的脸颊，一直在呜呜叫着。

陈韵儿睁开眼睛，摸摸牛牛，外面的嘈杂声依旧很大，而且牛牛也很是不安，她把牛牛抱起来，看看表已经是凌晨了，大家都应该睡觉了才对。

她心想着是不是出了什么事情，准备下床去看看时，传来了敲门声。

“小韵小韵！你还好吗？快点儿开门让我进去。”是凌若兮。

听到她着急的声音，陈韵儿连鞋子都没来得及穿就跑过去开门。

“小韵。”刚开门若兮就扑了过来紧紧抱着她。

陈韵儿一手关门，一手抚摸着若兮的背：“怎么了？出什么事情了？”

凌若兮拉着她左看看右摸摸才长长呼出一口气，拉着她一边向卧室走一边说：“我们学校一个女生失踪了，现在大家都很不安，还好你没事，真是把我吓坏了。”

“怎么会失踪呢？”陈韵儿坐在床边，牛牛就蹭上来依偎着她，心里升起很多不安的感觉，但是看到知心的牛牛就会安心很多。

“我们班上一个女生，好像叫穆晓冉，杨沫沁最先发现她不见的，不在宿舍也没去上课，连着好几天这样，这几天与外界连通的大轮船的监控里，也没有她出入的迹象，并不像是回家了。”

陈韵儿皱眉，并没有说话，摸着牛牛的手指不自觉收紧了一下。窗外的海风有些大，整个月亮都被云朵笼罩了，外面黑乎乎的一片，看着就不舒服。陈韵儿走上前关上窗户，回到床边看着愣愣的凌若兮。

“小韵，你是不是有什么想说的？”凌若兮手放在陈韵儿的肩膀上，平常她即使没有事，也不会像今天这样沉默的。小韵一沉默，她就不知道该怎么开口聊接下来的话题了。

“若兮，有没有觉得嘉川学院比较诡异？”陈韵儿抱着牛牛有一下没一下地摸着毛，虽然嘴巴上说着这样的事儿，可是脑袋里面却是千思百想。

凌若兮皱下眉：“小韵说的是……”

“比如清水理事长，她第一次见到我的时候就说我的狐狸很漂亮。一开始我以为是我带着牛牛进办公室有点儿冒昧了，可是后来想想也不是，因为凤鸾看我的眼神也很奇怪。而且，整个学校的气氛很诡异，说不出为什么，可心里总是觉得隐隐不安。”

虽然这嘉川学院在对待学生吃住方面都特别好，人与人之间相处也没有想象中的那么恶劣，可是心中这股不安的因素又是什么？

凌若兮听到这里，蹲到陈韵儿的面前，与她对视：“小韵，你在担心什么？即使真有什么事情发生，干你什么事儿。这里多的是钩心斗角。你不会以为他们这些人吃饱了撑的去为难一个没家族没地位的人吧？”

若兮说的有道理，即便是如此，她内心还是萦绕着奇怪的感觉。不过最好不要让若兮担心了，毕竟来这里不容易，若兮也是花了很多心思的。

“对了小韵，我今天过来就是有事儿跟你说的。”凌若兮突然想起一件事，她的表情有点儿严肃，没有一丝开玩笑的样子。

陈韵儿放下睡着了的牛牛，不露痕迹地问道：“什么事？”

“我觉得穆晓冉的事情今天仅仅是个开始，明天也许还会滋生很多的变故，在这期间小韵你听到任何流言都不要相信，毕竟嘉川学院是国际学院，容不得有任何有损学校声誉的事的。”

凌若兮的表情严肃，如果这件事连若兮都这样紧张，那显然是真的出什么大问题了。

“你说的是‘黑色月’吗？我听到很多人在这样谈论，据说学校里以前就出现过类似的事情，有人消失时周围都出现了一抹黑色的身影，又是在晚上行动的，月色都被掩盖住了，于是称之为‘黑色月’。后来因为学校严加管制，才没有再发生过学生失踪的事情，最近发生的失踪案，会不会跟这个有关？若兮你知道些什么吗？”

陈韵儿皱眉，她说的这些都是很偶然得知的。那天在超市，她只是打算去买一些速溶咖啡，从三个女生身边走过去的时候，听到了一些匪夷所思的对话。这些对话就是所谓的“黑色月”、黑影之类的。她从来都不相信鬼神之说，但是当一件事儿被人说得神乎其神的时候，你也没有办法不相信了。

“对的，‘黑色月’不知道是谁传出来的谣言。总之不能让清水理事长听到，她对这方面比较忌讳。虽然嘉川学院名义上是国际学院，但是私底下其实是个灵异学院，清水理事长本身就是个灵力者，不过这些秘密只有上头几个重要的领导知道，我也是无意中听见的。”

怪不得觉得这个学校怪异，原来它是个灵异学院……可是清水既然是灵力者，为什么要瞒着别人不让说“灵异”二字呢？她想隐瞒什么？

“你知道这件事情……清水理事长没有责怪你吗？”陈韵儿思索了一会儿，这一点倒是想不明白。

“清水理事长一直都比较疼爱我，至于原因可能是我长得比较可爱吧。”凌若兮托着下巴眨眨眼睛说道。

“总之这件事还是保密要紧，你对我说可以，但是不要对第二个人说了。关乎理事长的权威问题，我们还是保密为好。”陈韵儿揉了揉凌若兮的头发，心下却沉思起来。

陈韵儿的眼眸眯了眯，这当真是不得了的事情。幸亏有若兮告诉她这些，不然在这嘉川学院怎么死的都不知道。陈韵儿的目光不经意地瞥向窗口，微凉的海风又吹了进来。

“小韵我今晚陪你睡，多个人就多安份心。”凌若兮扯开一个笑容。

陈韵儿知道这里面多多少少包含了对她的担心，她拉开被子和若兮一起钻进去。后半夜睡得还算安稳。

正如若兮所说的，穆晓冉的失踪似乎仅仅是个开始，隔天早上陈韵儿起来去上课，在课间听到说联系了穆晓冉的家人都没有找到她，虽然父母想要报警，但这件事情似乎超出了警察的能力范围，而且清水理事长已经对外封锁了这个消息，并向穆晓冉的家长保证，一定能找到穆晓冉。

穆晓冉失踪的事情，直接被归为灵异事件。

陈韵儿路过办公楼前，看到清水在不远处，她身边围了几个穆晓冉失踪前在场的学生，似乎在做调查。

不知道怎么的，她突然觉得很不安，身体都有些抑制不住地发抖，人失踪已经不是小事了，这样调查下去不知道会牵扯出学校多少事情，还有多少人会被卷进这个旋涡中？

“你不舒服吗？”

陈韵儿回头：“凤鸾老师？”

“我看你脸色不好，是身体不舒服吗？”凤鸾修长的手指托一下眼镜，另一只手臂里还夹着很多档案。

“他们调查出了什么吗？”陈韵儿望向清水的方向。她心里明白，这并不是简单的失踪案件。

凤鸾的眼眸眯了眯，看着远处说：“刚刚也找我了解情况了，可是看样子并没得到什么有用的线索。”

他转头看着陈韵儿：“你没必要很担心，很多事情不是我们能够插手改变的。你要照顾好你自己，这些事情不要担心。”

陈韵儿只是呆呆地看着那些或议论或担心的学生，凤鸾伸手在她眼前摇了摇，她才回过神，问：“啊？老师你说什么？”

凤鸾笑了：“保护好自己和自己在乎的人才是最重要的，不是吗？”

凤鸾笑起来其实挺好看的，是啊，不管事情怎么样发展自己都无法操控，只要牛牛和若兮都好，那就够了。

陈韵儿冲着凤鸾笑笑，说道：“谢谢老师，我明白了。”

初晨的阳光浅浅地从海平面折射进来，陈韵儿翻了一个身，把同床共眠的牛牛压得死死的，导致牛牛喘不过气来，委屈的呜咽声从底下传了上来。

“怎么了？”陈韵儿揉了揉惺忪的眼睛，不明所以地看着近在咫尺的狐狸脸。一身雪白的皮毛，狭长的双眸可怜兮兮地瞅着陈韵儿。

“牛牛昨晚不是睡在沙发上吗，怎么在我床上了？”陈韵儿有点儿惊讶，不过还是起身把牛牛抱到了地面上，顺便自己去厨房倒了一杯水喝。

在嘉川学院的这段时间，她也不是没想过，如果自己没来到这里，或许在原来的学校过得一如既往的贫穷，微薄的奖学金都撑不过一学期的学费。现在在这个学校，即使现在流言乱飞，但是从生活条件而言是大大优于从前了。

嘉川学院的学生也没有像电视剧里演的那样苛刻对待家庭条件普通的学生，比如杨沫沁，看上去如此孤傲的一个女生，对待她却是温柔之至。不过她最最窝心的还是凌若兮，这个原本在公立学校认识的女生……

若兮原本只是交换生，每个学校一学期都会有一到两个交换生去别的学校。作为交换生，是代表自己的学校去别的学校上课一学期，在这期间所有的言行举止包括成绩，都代表着自己的学校。如有失误，那也是对学校的一种伤害。

也是在这一学期中，陈韵儿认识了若兮，这个看似大大咧咧，其实却是心思细腻的少女。

“砰砰砰！”

陈韵儿听到这样的敲门声，就知道是若兮那个丫头了，无奈地叹了一口气，继而起身打开门。

“陈韵儿，我煮了东坡肉面条，给你送了一碗过来。”

咦，听声音不是若兮。待门真正被推开，才看到来人居然是杨沫沁！

虽然对她的印象不错，但是平常基本上也没有什么交流啊，怎么突然给她送面条来了？

杨沫沁看见陈韵儿有点儿发愣，显然明白了自己来得莫名其妙，于是微笑着说：“平常我也会在自己寝室的厨房里做些小点心。不可能总让别人给我从食堂带饭菜过来吧？无奈之下，只好选择自己做了。”

陈韵儿笑了笑，急忙帮杨沫沁端起面：“能来就是客，你也别站着，沙发上坐吧。”

杨沫沁倒也没见外，一屁股坐了下去，在触到沙发的时候立刻又站了起来：“有东西在这里！咦，是只狐狸，好漂亮！”

陈韵儿走了过去，抱起牛牛：“牛牛是我来这个学校的前一天在路边捡的，它的皮毛很柔软，也很听话。有的时候，我都怀疑它是人变的了。”

“真是只听话的狐狸呢。”杨沫沁凑近仔细地观察起牛牛来，不料被牛牛冷漠的眼神给吓退回了沙发。

两人总算彻底熟了起来，也没有刚见面的时候那么拘谨。

“对了，‘黑色月’的事情你知道吗？”杨沫沁接过陈韵儿递过去的杯子，眼睛从窗外移到她的脸上。

陈韵儿皱眉：“知道些，但不是特别清楚。”

杨沫沁叹了一口气，像是有什么事憋在心中，终于可以找人倾诉一般：“穆晓冉到现在都没有回来，清水理事长也没能调查出什么来，说是没有任何线索。嘉川学院不可能在寝室或者走廊上装摄像头，即使学校愿意，学生也不愿意啊……所以警方才会无从下手。”

“是吗，到现在都没办法查出来吗？”陈韵儿低眉，不知道在思索什么。

窗外的海浪一波又一波，牛牛抓了抓鼻子，继续找个舒适的位置睡觉。

“本来我也不知道的，也是在这个时间段，我把自己做的点心带过去给她。没想到她人不在，于是我就回来了，结果到了第二天上课她也不在，我想她可能出事了。”杨沫沁耸了耸肩，表示了自己的无可奈何。

陈韵儿顺了顺牛牛的毛，淡淡地扯了一下嘴巴，倒是不知道在想些什么。

“今天听说又失踪了一个，是B班的，名字似乎叫凌若兮什么的……”

陈韵儿内心一抖，抓在牛牛身上的手也箍得紧了：“你说谁？”

“我也不清楚，好像是叫凌若兮还是凌什么兮的。是B班的，我哪能记得那么清楚。”杨沫沁嘟囔着，“马上就要到嘉川学院六十周年庆了，怎么出了这么多事情啊。”

若兮也失踪了？怎么可能……昨天晚上还跟她一起在吃饭的！到底出了什么事，为什么连若兮都会失踪？

陈韵儿有点儿手足无措，但是她努力让自己镇定下来。假如若兮失踪了，那她一定要帮助警方找出若兮！

“校六十周年庆？那是什么？”陈韵儿咬了咬嘴唇，把牛牛放到地上，开始认真地和杨沫沁讨论起这个问题。

毕竟是嘉川学院的学生，一定会知道一些平常人所不能知道的秘密。如果若兮是因为知道什么秘密而失踪，那她第一时间找的应该是清水理事长吧？

“就是庆祝嘉川学院成立六十周年啊。往年的周年庆都是学院最隆重的庆典，而且嘉川学院的管理制度和安全措施都十分完善，也从来没有发生过什么学生失踪的案件。但说完全没有发生过意外，也不可能，比如说去年的校周年庆之前，就发生了奇怪的事情，说是寝室闹鬼，经常听到一些莫名其妙的声音。那时候女生寝室人心惶惶，不过周年庆一过，似乎就没有事再发生了，所以那些案件也逐渐被人淡忘了。”杨沫沁一边解释一边眨眼睛，倒是很可爱。

“闹鬼？”陈韵儿心里暗想，拥有灵异能力的学院按理来说，不应该出现鬼魂，那奇怪的声音究竟是什么？

“啊，光顾着和你说话了，现在这个时间我该去喂我家喵喵饭了。下次再聊！”杨沫沁的话音刚落，就见她快速地冲到门口，连头也没回地离开了。

陈韵儿一下跌坐在地板上，很无力的感觉让她坐在地板上瑟瑟发抖。若兮不见了，她从来都没有想到若兮也会不见。失神片刻后，陈韵儿抓起外套就冲了出去，牛牛紧跟其后。

昨天还好好的人怎么会突然不见了呢？没有一个人可能消失得那么彻底不留痕迹的，或者若兮只是在哪里贪吃，然后才没有回去的。陈韵儿脑袋里蹦出一个又一个念头，她在硕大的校园里很仔细地搜索起来。

食堂没有，图书馆没有，操场没有，公寓里也是空空如也。

她一边寻找着一边给若兮打电话，电话那头总有个冰冷的声音在提示“您拨打的电话已关机”。

陈韵儿蹲下身来，紧紧抱着自己的双腿，眼泪突然就掉了下来：亲爱的若兮，你到底在哪里，我们不玩了，快点儿出来好不好？

牛牛凑上前，伸出粉色的小舌头把她的眼泪尽数舔干，很是乖巧的样子。

陈韵儿很感动，牛牛你如果是个人能陪我说说话出出主意该多好。她把牛牛抱在怀里，觉得安心不少。

一连几天凌若兮还是没有一点儿消息，陈韵儿也慢慢冷静，开始侦查这件事情。

知道的人好像并不多，所以线索也是少得可怜，只是隐隐约约中听说和上一个女生失踪时是一样的，有“黑色月”的出现。

陈韵儿趁着月色暗下来，便出现在校园中，如果真的有“黑色月”，那么把自己当成诱饵说不定可以引出始作俑者。

夜色很黑，路边灯光幽暗。

旁边突然闪过一个影子，陈韵儿瞟了一眼，试探性地叫：“牛牛？是你吗？”

在教室旁的一个大厅转角处，赫然看到一个黑色的影子。

“牛牛！”歇斯底里地，陈韵儿第一次正式地喊它的名字。

黑色的影子微微晃动了下，随着影子的晃动，廊灯下有一个东西闪闪发亮。那是一根长相奇特的铁棍！

对方披着一件黑色的风衣，怪不得说见到黑影，都是因为这个黑色披风的缘故吗？

对方似乎是太过惊讶，而没有藏住身后的人——那个人如同睡着了一般，软弱无力地倒在了地上。

“牛……你是？”陈韵儿眨了眨眼睛，对方的身高比例完全跟牛牛不是一个型号的啊，那眼前的这个人是谁？

对方向前走了一步，铃铛声清脆至极。他轻轻地笑出了声，声音低沉而具有磁性：“小韵。”

咦，喊她小韵？那这个人一定是她所熟知的，不然是不会喊这个亲昵的称呼……可是眼前这个人她并不认识啊，就连声音她都分辨不出来。

对方似乎感觉到了这个喊法有点儿唐突，就换了一个方式说：“我是牛牛。”

牛牛？陈韵儿内心一抖，牛牛不是狐狸吗……不对，如果牛牛是妖怪，那是有本事化身成人形。

“牛牛……真的是你！”陈韵儿不敢相信，死死地咬住牙齿，不让自己显得害怕。

对方没有讲话，扶起倒下的人，让她靠着墙壁，精美的雕工正好枕住了她的脑袋。

“为什么要做这样的事情！”陈韵儿的眼眶里含满了泪水，只要稍稍一眨眼，怕是眼泪就会夺眶而出。可是她硬生生地将眼泪逼了回去，不想让牛牛看到她的脆弱，不想让牛牛知道她对它的在乎。

黑色的影子在廊灯下晃了晃，看不清对方的表情：“对不起，瞒了你这么久。”

“你在说什么啊。”原以为牛牛会解释，结果这样是等于全部承认了吗？

“小韵，我叫苏璃洛。”牛牛自我介绍，随即拿下了风衣上的帽子。

眼前的少年有着一头银色的长发，狭长的眸子一如既往，只是眉宇间稍稍多了点儿深邃。有着黑色的披风搭配，倒是看上去像极了夜神之子。

“为什么要变成狐狸的样子来骗我，你明明知道我最讨厌别人骗我的！为什么？”陈韵儿红着眼睛质问苏璃洛。

不要以为她很温柔就会一直温柔下去，她好欺负就一直能被别人欺负下去，任何事都有物极必反的道理。不是吗？

“我……”

苏璃洛的话还没出口，整个大厅的灯光都亮了起来。

“因为他当时没办法用这个身躯来见你，刚到人类生存的地方，他又怎么可能会适应呢？”从花坛后面走出一个人来，红色的长发耀眼至极，是清水理事长。

陈韵儿惊愕：“理事长……你怎么会在这里？”

“在说什么呢小韵，我一直都在这里啊。”清水眯眼笑着，“不过小韵，你有一点儿误会小洛了，他是在救人不是在害人。”

“可是他明明承认了啊。”

“那是因为他以为你在说他会变成人的缘故。苏璃洛的身份是唤灵师，他手上的铁棍称为唤灵师之镰。今天的事情多亏苏璃洛了，不然估计又有一个人遭殃了。”大厅的长柱后走出一个人，是班主任凤鸾！

陈韵儿愣了愣，瞬间感觉到有点儿被耍了。不然为什么理事长和班主任都在？

“小韵你不要多想，我跟凤鸾今天会在这里完全是为了要逮住始作俑者。可是竟然没逮到。”清水双手交叉，眼神有点儿冷漠，“最让我奇怪的，也是这些消失的人中最大的特点，她们居然都是自己走着去目的地的。”

“让人控制了。”苏璃洛看了一眼躺在地上的人，淡淡地回了一句。

“那到底是用什么来控制的？”陈韵儿问道。

这个问题一问出，竟然没有人能回答出来。

陈韵儿悄悄地看了一眼苏璃洛，还好不是他，心上的石头总算是放下来了。原先已经在心中做了最坏的打算，如果是牛牛，她宁愿赔上一命，也要救出所有被害的同学。毕竟是她带牛牛来学校的，可是现在不是，反倒牛牛还是救人的。

“可能是上古时代遗留下来的一些东西，也可能是妖术比较高明吧，高明到连我这个除妖师都感觉不到。”凤鸾自嘲，似乎被妖怪蒙骗受了很大的屈辱。

班主任凤鸾竟然是除妖师！看来若兮说得没错，这个学校背地里真是灵异学院。首先以理事长清水为灵力者；其次是苏璃洛，化身为狐狸在她身边，实际却是唤灵师；现在又知道班主任凤鸾是除妖师。

难道只有自己才是正常的人类吗？

整个大厅安静了许久，清水拍了拍手道：“大家都先回去吧。明天陈韵儿要上课，凤鸾有任课。至于苏璃洛……我帮你安排到陈韵儿那一班，身份保密，但是你要帮助我们一起调查。我相信你肯定很想知道事情的真相。”

苏璃洛微微一怔，冷冷地看了一眼清水：“之前你就知道我的身份了对不对？”

清水扬起嘴角：“错。之前都是猜想，今天才证实。”

苏璃洛冷哼了一下。

“不过现在陈韵儿要借我用一下啊。”继而清水就拉着不明所以的陈韵儿走了。

陈韵儿站在清水的办公桌前，看着电脑后面的她。

不晓得过了多久，清水的眼睛终于看向陈韵儿：“来看看这个网站吧。”

陈韵儿一直没提若兮的事儿是因为她知道理事长清楚这事儿，并且一定是有所对策的，不然的话是不会这么淡定地在电脑前看网站的。既然清水能当理事长这就是她的能力，陈韵儿又何必提及呢，相信理事长一定会解释给她听的。

清水把手提电脑显示屏转移到陈韵儿的面前，桌面上显示的是一个网站，标题是“唤灵师的批判”，下面就是填写一些个人的具体信息。不过这个网站跟这起事件有什么关系吗？

“这个网站上推行‘唤灵师的批判’这个测试，规则上写的是专门批判唤灵师的，与人类无关。不过我做过题目，如果人类做了这些题目，将会显示这个。”清水用鼠标点击了下另外一个网页，“您将于公元2016年3月12日18点59分去世，您距离死亡时间还有5个月15天07分。”

“这个准确吗？”

听到这个问题，镜框后清水的眼睛稍稍眯了眯：“很准确。我就是会死在2016年3月12日18点59分。”

“什么？”陈韵儿突然站起身，瞪大双眼不敢相信地看着清水。

开什么玩笑！这是网站上的一个游戏罢了，怎么可能是真的！

但是若兮说过，清水是灵力者啊，如果是灵力者，是不是真的能知道自己的死期？

“我也在怀疑‘唤灵师的批判’这个网站是谁建立的。”清水咬了咬嘴唇，仿佛回忆起了各种过去。

“我不信，我也要做测试！”

陈韵儿冷冷地盯着电脑屏幕，快速地开始填写上面的内容，不出片刻便填写完毕了。

她在“完成”框上用鼠标点击了一下，继而与清水一样弹出了一个对话框。

只是诡异的是，陈韵儿的对话框上显示的是：被批判的唤灵师，地狱之苦连于心，拔舌、剪刀、铁树、孽镜、蒸笼、铜柱、刀山、冰山、油锅、牛坑、石压、舂臼、血池、枉死、磔刑、火山、石磨、刀锯，请耐心等候！

“哈哈哈，理事长，我就说这个网站是骗人的，不可能出现能计算你寿命的东西的，你看我的就不是！”陈韵儿把计算机转回了清水的面前，脸上稍稍有点儿喜悦。至少那个东西是骗人的，至少不是真的，这样她的内心就稍稍能平复点儿了。

清水看到陈韵儿做出来的测试，那两行字她足足看了三分钟。继而她看向陈韵儿，整个过程只是盯着她的眼睛看，不做别的事情。

“怎，怎么了，理事长？”陈韵儿来回自我打量，没有发现有什么不妥之处啊。

“被批判的唤灵师……是你吗，居然会是你，我以为是他呢。”清水喃喃自语，随即便自嘲了一下。

“什么？”陈韵儿听不大明白，什么是你是他的。

清水收了表情，恢复到原来的样子，她吸了吸鼻子道：“没事了，我们不谈这个了。你今天来找我是谈凌若兮的事情吧？”

终于谈到正题上了，陈韵儿坐到清水的面前：“是的。杨沫沁说她也失踪了，确有其事吗？”

清水托着香腮，手里拿了一支笔在旋转：“果然啊，这就是学校学生太多了的坏处，人多口杂。都已经安排好了，为什么还会有消息传出来呢……”

按照理事长这样说，算是确认了这件事儿。这下陈韵儿真的心乱如麻了，怎么好好的会失踪呢……跟六十周年庆有关吗？

“学校是不是要在下个月举行六十周年庆了？”陈韵儿脱口而出，倒是引来了清水疑惑地看着她。

“你才刚来学校没多久，也知道这件事儿了？学校每一年都有一次学园祭，今年是六十周年，会稍微比前几年大型一点儿。每年在周年庆的前一个月都会发生一些奇怪的现象，今年也不例外。但是每年都抓不住始作俑者，看上去倒像个灵异事件了。”清水呷了一口茶，倒是十分不介怀地把事情告诉了陈韵儿。

陈韵儿轻言：“难道清水理事长不是个灵异者吗？”

正在呷茶的清水稍稍一愣，随即很是开怀地笑了起来：“小韵你真是挺可爱的，把我调查得这么详细干什么？我又不是整件事的操纵者。我所需要的不过是学院平安。”

理事长喊她小韵，竟然喊她小韵，跟若兮一样的喊法，听起来却是亲近了不少。

“放心吧，对于凌若兮的事情，我必定会放在心上的。不是因为她父亲是学院股东之一，只是因为你是小韵。”清水站起身，摸了摸陈韵儿的头发，继而手一挥，示意她出去。

A NOTEBOOK OF LOVE FOR THE

RIENTAL SAKURA COLLEGE

第三章 03

小 狐 狸 是 唤 灵 师

清晨，陈韵儿睁开眼睛，阳光透过窗帘洒在她身上，柔柔的感觉很是美好，接着她听到厨房有声音。

她光着脚跑到厨房门口，看到一个银发少年在忙忙碌碌地做早餐。

“小韵早安。”苏璃洛转头看着陈韵儿穿着睡衣，光着脚丫，一副刚刚睡醒的样子很是可爱。

陈韵儿呆呆地看着面前的“牛牛”，他叫苏璃洛，不是之前只有四只爪子的牛牛，他有手有脚，有漂亮的脸蛋和银色的头发，他正在为自己做早餐。

不知怎么的，陈韵儿就想起这些日子她抱着牛牛睡觉的情景，基本是同床共枕，而牛牛他还……舔自己的脸，好吧，她现在脸颊一定很红。

苏璃洛这家伙嘴角都笑开了花。

“早安。”喉头有些发紧，“对了，若兮的事情，有什么打算吗？”陈韵儿坐了下来赶忙转移话题，给自己倒了一杯水。

少年将做好的饭菜端了出来：“正想跟你说这件事儿呢！”苏璃洛嚼着红烧肉，琉璃色的眸子显现了些许满足，“下午一点，理事长让我跟你一起去一下她的办公室，说是有重要的事情要商量。我估摸着就是凌若兮那件事儿吧。”

陈韵儿点点头，没再做回答。

于公而言，现在这件事涉及的是嘉川学院的两个学生，而这两个学生的家世背景也是不容忽视的。于私而言，凌若兮是她的好朋友，她怎么能容许若兮平白无故地消失呢，这样不等于纵容了事件操控者吗？

既然清水理事长现今愿意出面去调查这件事，那是最好不过的，毕竟理事长是灵力者。

如果能有班主任风鸾的帮助就更好了……

不过这种事情也只能是脑袋中想想，他会不会帮忙这是陈韵儿插手不了的事。

如今最大的帮手就是苏璃洛，按照昨晚理事长所言，他应该是唤灵师。既然是唤灵师，那他的能力应该也是不容小觑吧。

“小韵你真可恶，居然在听我讲话的同时开小差。”苏璃洛的手在陈韵儿的面前晃了几下，琉璃色的瞳孔弯成月牙状地看着她。

陈韵儿回过神夹起菜放进自己嘴巴里，苏璃洛期待地问：“好吃吗？”

很合她的口味。

“好吃。”可是她吃不下去，她太担心若兮了，这样一点儿头绪都没有的失踪才是最让人寝食难安的。

苏璃洛温柔地抬手摸摸她的脑袋，说：“不要太担心，我会帮你的，帮你把若兮找回来。相信我。”

陈韵儿莞尔一笑，心里暖暖的，觉得苏璃洛很容易就能让她安心。

她起身随便整理了一下碗筷，便和他一同走出了寝室。

嘉川学院种满了樱花，据说是花了重金从日本移栽过来的，可惜樱花盛开在3月至5月，现在这10月份的天气是见不到的。

苏璃洛将手抱在脑袋后面，细长的眸子状似不经意地打量着那些未盛开樱花的樱花树，但是琉璃色的瞳孔突然透出凶狠。

“怎么了？”陈韵儿看苏璃洛的表情不对，便询问道。

听到陈韵儿的声音，苏璃洛的表情骤然恢复成原来的吊儿郎当样儿：“小韵在说什么，现在不是要去清水那边吗？”

说罢，他们便推开了行政楼的大门。

行政楼的大厅正对门挂着一个古钟，到了整点的时候，古钟下的一扇小窗户中会跳出一只木质的小鸟来，并且发出“布谷布谷”的声音。

刚巧，他们进去时正是下午2点整，于是那只木质的小鸟在他们推门进入的那一刻跳了出来，整个空旷的大厅中都响彻着“布谷布谷”的声音。

陈韵儿踩着毛呢质地的地毯，四处张望着，依旧是那些雕刻的壁画，满是看起来有一定年龄的复古建筑物。

他们踩着棕色的楼梯走到尽头，推开门走了进去。

“你们来了啊。”清水推了推眼镜，一脸从容地看着他们，“今天喊你们过来是为了两件事情。”

苏璃洛倚在墙壁上，并没有走近清水的办公桌。他看了一眼清水，眼神极淡，最终还是选了旁边的沙发坐了下来。

倒是清水没有在意苏璃洛的表现，只是看着陈韵儿继续说道："现在苏璃洛住在你的寝室也不是特别方便，我帮他另外安排了一个寝室。另外就是我已经将苏璃洛安排在C班，这样做的目的完全是为了调查出事情的真相。"

"理事长辛苦了。不过我想以我的能力并不足以参与到这件事情上来吧？"

为什么他们的很多事情都会告诉她，即使是秘密也表现得毫不在意的样子。难道他们不怕她会说出去吗？现今竟要她参与到其中去，她顶多能做到提供线索，别的也是无能为力啊。她陈韵儿跟他们又不是一类人，没有特殊身份和特异功能。她连自保的能力都不够，怎么去做这样的事情！

"不，你能。至于原因，我想我现在也不便说，总有一天你自己也会明白的。"清水突然扬起了嘴角，"我已经老了，不适合再去辛苦操劳，也没有这样的精力了。嘉川学院的将来，完全是靠你们了。"

陈韵儿皱眉，眼前的理事长不过才二十岁出头的年纪，怎么会老呢？是说她的心态老了吗？这样说来，理事长是不会出手帮助他们了。若是要救出穆晓冉和若兮，必定要靠苏璃洛的。

"我喊了凤鸾帮你们，也不算让你们孤军奋战。"清水蓦地伸手揉了揉陈韵儿的头发，动作温柔之至。

陈韵儿根本都没想到理事长会有这样一个动作，倒是身体突然僵硬不能动。

"外面的樱花是怎么回事？"苏璃洛忍耐了许久，终于还是开口了。

清水侧头看了眼窗外枝叶繁茂的樱花树，一怔："到底还是闹到我头上来了。”

苏璃洛不答话，微微挑了一下眉，心中了然。樱花的事儿肯定不是清水搞的鬼，看来对方今晚又要行动了。

“拜托你们，今晚一定守住学生。”清水低喃，“这是最后的樱花了啊。”

陈韵儿站在清水对面，清晰地听见理事长所说的“这是最后的樱花了啊”，可是这“最后的樱花”是什么意思？

还未等陈韵儿抓住头绪，清水就挥挥手让他们出去了。

“小韵可以不皱眉头了吗？”

苏璃洛的手抚上陈韵儿的眉间，指腹轻轻摩挲想要展开她的眉头。

陈韵儿趴在床上，捞了个抱枕进怀里，她扭过头看看苏璃洛，他笑，很欠揍的样子，还顺便向她的地方挪了挪。

“唉。”陈韵儿叹了口气，苏璃洛的一些小动作老是搞得她心里乱乱的，像是之前被狐狸形状的牛牛用爪子挠了一样，轻轻柔柔却痒到心底，很柔软的感觉。

“是感叹我太帅了吗？”苏璃洛凑近，眨巴着眼睛问。

“你如果还是之前的牛牛多好。”

苏璃洛拧起眉毛：“小韵你不喜欢我这样？”难道她不喜欢自己变成人的模样？

看到他嘟着的嘴巴陈韵儿玩心大起，故作叹息的样子说：“是啊，之前的牛牛比较可爱，很多人都喜欢的。”

其实她才不会告诉他，自己喜欢之前的牛牛是因为能够抱在怀里摸摸捏捏。陈韵儿把自己藏在抱枕后面，不让他看见自己的脸。

“可是可是……”苏璃洛喃喃着，“我变成了这样才能保护小韵的。”

陈韵儿抬头，苏璃洛琉璃色的眼眸里满是认真，这是为什么呢，他会对自己这么好？

上课的时候苏璃洛拿着书本走进教室，在门口向大家鞠躬，银色的头发垂下来遮住眼眸，他淡淡地说：“大家好，我是新来的转校生，苏璃洛，希望大家多多照顾。”

陈韵儿坐在座位上，看着他置身阳光中，浑身被照得看起来毛茸茸的，心跳好像漏了一拍似的。

身边大胆的女同学直接问：“帅哥有女朋友吗？”

得到周围一片应和，看来这苏璃洛的魅力确实不小呢。陈韵儿翻开书笑笑。

苏璃洛起身眯着眼睛看着陈韵儿的方向，语气中带着坚定说：“我是为陈韵儿来这里的，所以不打算考虑别人。”

陈韵儿蓦地抬头，睁大眼睛看着门口的苏璃洛。

他微笑看着她，拿着书本径直来到她身边，在旁边的空位子坐下来。

苏璃洛单手撑着下巴，挑着眉略带些撒娇的味道说：“小韵可不能不要我。”

是小狐狸的时候就那么黏人爱撒娇，变成人形了也没有安分到哪里去，陈韵儿笑道："要看你表现怎么样。"

凤鸾这时走进教室，其实他已经在门口站了好半天了，所以，苏璃洛和陈韵儿的对话他都听到了。

同学们做好听课的准备，凤鸾整理好讲义伸手扶眼镜，对着同学们做介绍："坐在陈韵儿旁边的是新来的转校生，叫苏璃洛，大家以后好好相处。"

陈韵儿抬头正好对上凤鸾的视线。

不过凤鸾的眼神怪怪的，好像有很多探究的意味在里面。短暂的视线接触之后便开始上课，陈韵儿并没有多想什么。

反而身边的苏璃洛眉头锁在一起，一直保持着单手撑着脑袋的姿势，眼睛直勾勾地看着陈韵儿，像是在看陈韵儿之前做的红烧肉，恨不得吞下去的样子。

陈韵儿被他看得脸颊烧了起来，她的手覆在他的眼睛上，小声说道："上课要专心听讲。"

苏璃洛坏坏一笑，反而拉着陈韵儿的手不放开："小韵在我旁边，别的东西我都不要听不要看。"

一定是她之前太宠这只小狐狸了，这样肆无忌惮的撒娇耍赖，不过陈韵儿打心里好像并不排斥这样的感觉，莫名觉得心跳很快。

陈韵儿翻动着课本，拿着笔，听着凤鸾讲课，讲到重点的时候便动笔记在本子上，当然还要尽量忽视身边灼热的目光。

"咦？"苏璃洛从喉头发出一声，伸着脖子向窗户外面看去。

陈韵儿有些不明所以地看看他，却发现很多同学都在看窗外。

她转头，不由得惊呼出来，原本应该3月到5月才开的樱花，在这10月的季节竟然盛开了！并且因为海风的关系，纷纷飘扬在空中。

怎么……可能！

花的季节是不会变的啊，可是现在不正是10月的天气吗，樱花只会在转暖的季节盛开啊！

陈韵儿有点儿匪夷所思。

“小韵，樱花的颜色有些不对劲。”苏璃洛起身向外走去，陈韵儿赶忙跟上。

他接一瓣樱花过来，仔细一瞧，这花瓣的颜色居然是鲜红的！

樱花以绯红粉红出众，到底是因为什么使得这里的樱花都变成了鲜红色？是诅咒吗？

“血樱，是血樱啊！”杨沫沁看了一眼，突地尖叫起来。

跟在身后的学生都慌乱起来，血樱……那是不吉祥的征兆啊。那些学生都六神无主地往寝室楼跑。

“血樱是什么？”陈韵儿接过花瓣仔细揣摩，却还是百思不得其解。

苏璃洛的眼神带了凶狠：“血樱就是传说中的凶兆。有一个被批判的唤灵师灰飞烟灭的时候，据说就是下起了血樱雨。天空中飞舞的都是血色的樱花，像是正在下雨一般。”

被批判的唤灵师？

这几个字好耳熟，似乎在做清水给的测试时，最终的答案就是这几个字眼，还写了十八层地狱每一层的名字。

最后那几个字她记忆犹新，请耐心等待……她该等待什么？自己不就是一个人类嘛，和唤灵师又有什么关系呢？

陈韵儿还没想出一些头绪，操场的方向就传来一声女生的尖叫声，在校园里显得格外突兀。

苏璃洛和她对视一眼，拉起她的手就向操场跑去。

四周飘落的都是血樱的花瓣。

操场上的人都惊慌失措，有很多人围在一起，有女生的哭声，苏璃洛拉着陈韵儿穿过人群来到出事的地方。

一个女生脸上毫无血色地躺在地上，有的血樱落在她身上，看着让人有种被压迫的不舒服的感觉。旁边一个女生坐在地上哭，受到惊吓脸色都发白了。

苏璃洛蹲下将地上的女生抱起："小韵我带她去医务室，你安抚另一个女生。"

"好的。"陈韵儿看着苏璃洛急急的身影补了一句，"你要小心啊。"

医务室内气氛有些压抑，受到惊吓的女生情绪安稳了下来，可是还在低低抽泣着。

苏璃洛的眉头皱在一起站在病床边没有说话，陈韵儿轻轻地拍着女生的背："现在没事了，你不用害怕了。"

她究竟看到了什么遇到了什么事情，已经差不多两个小时过去了她还在瑟瑟发抖？

她抬起头，脸上全是泪痕，抽抽噎噎地说：“黑色的影子，他要拉我们走。”

在女生张涵涵断断续续的讲述中，苏璃洛和陈韵儿了解到大概情况。

张涵涵他们班在操场上体育课，自由活动时大家聚在一起说说笑笑，可是此时晕倒的女生许晴尖叫了一声。

大家循着她的视线看过去，看到一个黑影站在她身边，本来晴朗的下午可是偏偏看不清楚黑影的具体样子，只能看到他伸出类似手一样的肢节抓着许晴。

张涵涵眼疾手快地抓住了许晴，那个黑影的力气很大，旁边几个女生虽然吓到了，可是很快过来帮忙。

和黑影拉扯的过程中天空飘起了血樱。血樱一片一片落在许晴身后，许晴就像是被什么击到一样，身体慢慢失去力气。

张涵涵当时吓坏了，还好她本能地没有放开拉着许晴的手。

黑影慢慢变淡了，在消失的那一刻许晴也倒在了地上。

一群女生吓坏了，才想起后怕。

苏璃洛他们在教室听到的尖叫声已经是黑影消失后的事情了。

陈韵儿找来张涵涵的同学将她送回去。

事情的发展已经完全不在陈韵儿的认知范围内了。不知道她来到这里，给学校带来的是灾难还是好运。刚走进嘉川学院就已经有点儿感觉到，这个学校到处透着诡异。

理事长是一个年纪大不了他们几岁的女人，班主任虽然看上去很文气，但是却是除妖师。一只狐狸会变成人的样子，身份却是唤灵师。这里认识的每一个人，几乎都是有特殊能力的。若兮是一个人类，不知道出于什么原因，平白无故地陷入了旋涡中。从她消失到现在，陈韵儿都没有头绪。

难道若兮也是有特殊能力的吗……

不可能吧？她这个样子如果有特殊能力早就被陈韵儿发现了。

性格使然，有些人想隐藏自己的能力，有些人想显示自己的能力。凌若兮就是一个爱表现自己长处的人，所以不管她有什么能力，陈韵儿肯定是第一个知道的。

思绪到了这里已经是一团乱了，陈韵儿不明白操纵者想要干什么，也不知道自己怎样做才能阻止对方。

“有什么发现吗？”两个人走在回寝室的路上，理不出头绪的陈韵儿问苏璃洛。

对方沉默了一会儿：“牛牛。”

陈韵儿皱眉：“什么牛牛？”

“不能叫我除了牛牛以外的称呼，不然不理你。”苏璃洛的声音听起来义正词严，感觉像是陈韵儿的不对了。

他在大家面前很正常的，可是怎么只有两个人在场的时候就变得这么……别扭。

陈韵儿咳了几下：“牛牛……”

牛牛立刻展开笑脸，摸摸陈韵儿的头发：“这才是乖小韵。”

为什么他现在看起来那么欠揍？陈韵儿叹了口气问：“那个女生怎么

了？”

苏璃洛微微垂下头说：“那个女生被吸走了精气。”

吸走精气？

陈韵儿瞪大眼睛，近日来发生的事情让她有种在做梦的错觉，她接受不了。

这些不应该都是小说里的情节吗？她看着面前的苏璃洛，脑海里全是疑惑。

“这个学校似乎出现了吸人精气的妖怪。”

妖怪？

“那若兮是不是很危险？”

牛牛牵起她的手放在自己手心里，另一只手摸摸她的脑袋说：“别担心，我会帮你把若兮找回来的。”牛牛顿了顿接着说，“我还在许晴的胳膊上发现了梅花印记。”

“梅花印记？有什么含义吗？”

牛牛沉思了片刻还是摇了摇头，说：“我也不能确定，等以后想到了再告诉小韵。”

陈韵儿点点头，看着自己被牛牛牵着的手，手心微微湿润，却总是能够感觉到牛牛带给她很多的安全感：“这一切发生得太快，我有种不真实的感觉。像是自己闯进了一个不在认知范围内的世界，很多事情都没有办法控制了，很无力。”

牛牛抓着她的手放在自己心脏的位置：“感觉到了吗？”

很有力的心跳，透过胸膛传到陈韵儿手掌上，这是苏璃洛的心跳，对啊，在眼前的不就是最真实的吗。

“小韵你要记住，牛牛永远是真实的，最起码对你是真实的。”

陈韵儿点点头，这样的心跳传到她这里，心莫名地也跟着有些慌乱，她扯开话题：“那牛牛今晚还会给我做好吃的吗？”

“小韵想吃什么呢，红烧肉怎么样？”

提起吃来苏璃洛的眼睛都亮了，可这红烧肉是他自己最爱吃的吧？

A NOTEBOOK OF LOVE FOR THE

ORIENTAL SAKURA COLLEGE

04

第四章

梅　花　印　记

苏璃洛和陈韵儿吃过晚饭之后就来到清水的办公室。

清水站在窗前，望着外面黑色的夜，双手环在胸前，听他们讲完下午的经过后也只是皱了皱眉。

“还是没能保住学生。”清水摆弄着窗台上的小植物，淡淡的语气中能够听出她的无奈。

“那个女生被吸走了精气，大概是醒不来了。”苏璃洛手指缠绕着自己的头发在玩。陈韵儿能够感觉到他这家伙对于清水和凤鸾都不是特别友好，像是小孩子一样闹着脾气。

“如果抓到那个黑影，解决掉这一切，也没有办法让那个女生醒来吗？”

清水和苏璃洛都没有回答她，陈韵儿歪着头看着他们两个，两个人都是若有所思的样子，难道自己的问题很突兀吗？

没有被抓走，只是在人最多的地方被吸走了精气就没有办法醒来，那若兮呢，这么多天了，也不知道她现在究竟怎么样了。

很不祥的念头在她心底盘旋着，她不敢深想却也不能不想。

陈韵儿两只手握在一起不自觉地收紧，紧紧咬着自己的唇，苏璃洛的手覆了上来：“小韵，掐坏自己我可是会心疼的。”

这家伙无时无刻不在寻找机会调戏自己。

清水站在窗前，风撩起她的衣角，静谧中又带着生动，让陈韵儿觉得这是一幅绝美的画。

这样的女人究竟经历过些什么才能变成现在这样处事不惊、一副老成的样子？

牛牛握着陈韵儿的手收紧了一下：“小韵，你又走神。”

“我心里很乱。”是的，很乱，发生这么多事情，她却怎么都理不清楚头绪，抓不到重点，甚至连问题的关键所在都找不到，只能跟着他们一味地打转。

“所以很多事情现在还是不能告诉我吗？”

苏璃洛挑眉，伸手摸小韵的头发：“顺其自然，不要把自己困住，懂吗？”

清水回头看看他们两个，从窗前走回办公桌前，倚着桌子，端起茶杯说：“苏璃洛说得对，小韵，你现在能做的就是不要为难自己，许多事情呢，到了恰好的时间，就会自己浮出水面。现在是否知道都不重要，时间是最好的催化剂。”

“理事长说得很对。”苏璃洛在一旁点头。

“可是我没有办法不担心不着急。”

一向对陈韵儿温和的苏璃洛却皱起眉，冷言道：“小韵，你如果还想救若兮，就必须保持平常心，不然我不会让你继续待在这里和我们一起行动。”

陈韵儿一愣，是啊，太过于着急总会失去理智，也许到关键时刻连基本的判断能力都没有了，还怎么能够找到若兮并且救她呢。

事已至此，陈韵儿叹口气，她想再多也只是给自己徒增烦恼罢了，苏璃洛和清水理事长都说得对，她此时的心态起着很大的作用。

就算是为了若兮自己也必须镇定下来。她朝苏璃洛点点头，表示自己明白了。

清水放下杯子，说：“你们现在需要帮手，我已经通知了凤鸾，让他来协助你们一起找出真相，找到凌若兮。”

“我不同意。”清水的话音刚落，苏璃洛就站起来立刻反驳，狭长的眸子眯着，一副不满的样子。

清水微微一笑，摆弄着茶杯说：“刚刚还义正词严地教育小韵不要意气用事的是谁？”

苏璃洛从鼻子里冷哼一声：“这不一样，我不会同意跟那个家伙一起的！我们小韵也不准。”

陈韵儿在一旁看得脑袋里全是问号，为什么牛牛这么反对凤鸾的加入？这不是很好吗，多一个人多一份力量。

“牛牛……”

“你也觉得凤鸾加入是个不错的主意？”还没等陈韵儿发话，苏璃洛就打断了她的话。

陈韵儿愣住了。她一直想不明白，牛牛为什么这么讨厌凤鸾，满满的全是敌意，像是小时候争抢玩具而闹别扭的小朋友。

难道他们之间很久之前就有什么过节是她不知道的吗？

“你这样，我以后不给你做红烧肉吃了。”这个看似是唯一能够镇得住牛牛的办法了。

“噗。”苏璃洛愣了那么一下就噗的一声笑了，在他看来这哪里算什么威胁，倒像是小韵的专属撒娇方式。

“那为了我的小韵我就勉强同意和那家伙一起行动，可是我不敢保证能对他和颜悦色。”

小狐狸就是小狐狸，一点儿都改不了撒娇耍赖的性子。

隔天早上，陈韵儿、苏璃洛和凤鸾在学校的教学楼前见面。

“凤鸾老师好。”陈韵儿礼貌地跟凤鸾打招呼。

凤鸾点头回应：“你不用跟我这么客气的，把我当朋友一样就好了。”

陈韵儿有些吃惊，不过还好，虽然凤鸾老师平时不苟言笑，看起来比较冷漠的样子，但是他对她还是分外关照的，让陈韵儿打心底觉得这个老师不错。

很和蔼可亲的样子。

“那就不对了，毕竟是老师，该有的礼貌还是应该有的。”苏璃洛斜视凤鸾一眼，语气依旧不太友好。

凤鸾向上推推眼镜，并不在意苏璃洛的话，接着对陈韵儿说：“凌若兮的事情我都听理事长说了，你不要太担心，她那样开朗可爱的姑娘自然会有好运的，不是吗？”

陈韵儿一惊，随后豁然开朗：“是啊，若兮她没有做过坏事，为人还很好，坏事什么的一定不会一直纠缠着她的。”

凤鸾眼镜后的眼睛微微弯起，笑起来也是斯斯文文的样子，陈韵儿的担心和顾虑被凤鸾老师的两句话就打消了，她心里还是相信好人和坏人在命运前的定数是不同的。

“喂。”被一直忽视的苏璃洛很不高兴，他拉着小韵的胳膊，“小韵我们回去吧。”

陈韵儿看着他，他漂亮狭长的眼睛眨啊眨的，她当然知道他在想什么，他就是不喜欢凤鸾老师，多待一秒都不乐意。

“可是我还想多沟通一下，看看有什么线索好尽快找到若兮。”

“韵儿，很多事情不能急于一时，你脑袋也是需要休息的。只要有需要我的时候就找我，我会随叫随到。”

“谢谢老师。”陈韵儿感叹，学校有这样的好老师真是再好不过的事情。

苏璃洛却不乐意了，他瞅着凤鸾：“我说，你不会对我们小韵心存不轨吧？”

“牛牛……”因为是小狐狸所以思维方式和正常人不一样吗？至少对待老师应该要尊敬的。

凤鸾直直地看着陈韵儿，不知道是隔着镜片的缘故，还是他真的很会隐藏心思，陈韵儿在他眼里看不出别的心思。

可是牛牛却不依不饶的，这家伙对着陈韵儿的时候就很黏人很爱撒娇耍赖，可是面对清水理事长和凤鸾老师的时候却异常冷漠。

好像对同学也是这样的，所以是因为自己养过他的原因，所以对自己的感觉比较不一样吗？

陈韵儿还想和凤鸾讨论些什么，苏璃洛在一旁眯着眼睛看着他们，身后传来一个着急的声音。

“不好了！不好了！”

陈韵儿他们回头看去，是杨沫沁一路跑来，刚看到陈韵儿就扑在小韵身上喘着粗气。

“不好了不好了……不是，是太好了！”杨沫沁语无伦次地欢叫着，似乎昨晚的血樱一点儿都没给她带来困扰。

“沁，你在说什么？”陈韵儿有些不明所以地看着她欢喜的脸庞，接着伸手帮她摸着后背顺气。

杨沫沁蹦了两圈，笑得合不拢嘴，半晌才说道：“是这样的，穆晓冉和凌若兮都回来了！”

三人的视线都集中在杨沫沁身上。若兮回来了？她没有听错吧？

“沁，你说什么？”陈韵儿的声音稍稍带了点儿颤抖，她不敢相信，若兮不是消失了吗，怎么可能……是真的回来了吗？

“小韵你怎么回事，我都说了穆晓冉和凌若兮回来了，你是不是高兴过了头啊？”杨沫沁笑道。

再次确认后，陈韵儿立刻就转身向着寝室的方向跑了出去。

“小韵，穆晓冉和凌若兮在寝室公寓啊，你都不喊我一起就跑了啊——”杨沫沁在她身后喊着，看样子那个丫头开心过头了。

苏璃洛跟上陈韵儿的脚步一起跑了出去。

若兮若兮，你竟然没事！害她白白担心了那么多个夜晚。不过没事就好，没事她就安心了。

陈韵儿踩上楼梯，两个阶梯当成一个迈了上去。复古的楼梯是螺旋状的，陈韵儿转得有点儿头晕，稍微歇了一会儿，继续跑了上去，等到终于见到寝室公寓门的时候，她竟然内心狂跳，犹豫了几许，还是推门走了进去。

“若兮，你没事吧——”

刚走近寝室门口，就听到寝室里面传出一阵欢乐的笑声。陈韵儿抬头，看到穆晓冉和若兮睁着大大的眼睛惊讶地望着她。

“你是……陈韵儿对不对！我记得你，上次你煮的菜很好吃，我跟晓冉说了，她都说想向你拜师学艺呢！”凌若兮站起身，给自己敲了一个暴栗，笑嘻嘻地夸奖自己的好记性。

“若兮你……”陈韵儿愣了一下，突然不知如何是好，就像是从火山瞬间降到了冰山一样。

即使是发生再大的事情，她都没有表现得这样仓皇失措过。看若兮的样子，竟然像不认识她了。不是回来了吗，不是没事吗，那又怎么可能不认识她！

“陈韵儿你怎么过来了，是找我还是找晓冉？”凌若兮用手指点了点自己，又点了点穆晓冉，看样子是不确定。

“没有，我只是来看看你回来了没。”陈韵儿嗫嗫了一句，随即便低下了头。

可能是若兮在失踪的那段时间和穆晓冉建立了友谊吧，也不过短短几天时间，竟然把她给忘了，亏她还天天思索着要怎样把若兮给救出来。

“是吗，我跟晓冉都挺好的，你不要担心。”凌若兮伸出手与陈韵儿相握。

陈韵儿的身体蓦地一抖，退了一步之后便转身跑了出去。

都是自己的错，干什么要担心她们。两个人不都挺好的，担心的结果就是她们成了朋友，而自己却是一个人了。她到底是为了谁才来这个怪异的学院的，到底是为了谁！

如果不是若兮，就算用鞭子抽她，她都不会来啊！

陈韵儿突地撞到一堵墙，继而扑到肉墙上开始号啕大哭起来。

“小韵，怎么了？”苏璃洛的手抚摸着陈韵儿的发丝，一下又一下。

陈韵儿抽噎着说：“我见到若兮了，可是不知道为什么，她们两个的感情特别好，我就像融不进去的样子。可能是她们在另一个地方相处久了吧……但是也不至于不认识我……牛牛你说对不对？”

不认识小韵吗？两个不知道什么原因而无故消失一个礼拜的人，结果在昨晚的一场血樱之后回来了。很多人都说血樱代表不吉利的意思，假如血樱真的不吉利的话，那只能说明穆晓冉和凌若兮的回来是凶兆。

“别想太多，或许是她们假装来骗你的。”苏璃洛虽然说着安慰的话，但是他的心里却不是这样想的。

穆晓冉和凌若兮在某个地方，肯定发生过什么事。即便是这样，他也不想让小韵担心，自己一个人承担就好，何必拉上小韵呢。

“对了，和她们交谈的时候，你有没有发现她们有一些很奇怪的举动？”待陈韵儿停止哭泣后，苏璃洛才开口询问道。

陈韵儿眨了眨眼睛：“举动倒是没有，但是我似乎看到若兮的手上印有梅花纹，颜色很淡，我也看不真切。”

梅花纹吗？苏璃洛的心沉了沉，随即嘴角上扬：“快回去吧，不然我就得饿死了。”

“才9点就饿了，你肚子里是有几个胃呢？”陈韵儿擦了擦未干的眼泪，暂时忘记了若兮的事情。

“哼，吃惯了小韵做的菜肴，别人做的我一点儿都不喜欢吃了。”苏璃洛下巴一扬，倒是像极了撒娇的女孩。

苏璃洛浅浅一笑，就算是暂时转移小韵的注意力也好，总强过她一个劲儿地伤心难过。从没有办法幻成人形开始，他就已经在在意这个少女了。明明很穷，却会很温柔地给他吃最好的。明明其实不想来这个学院，但是为了凌若兮义无反顾地走进了这个不属于她的世界。明明脆弱得要命，可是她总是装作很坚强。

这样的一个人，他该怎么去守护才不会受伤呢？

陈韵儿回到公寓，清洗了一下脸，努力让自己不要去想若兮的种种表现，因为那种事情真的让人很难接受，她心心念念了一个星期的人，担心得连理智都失去了，可是回来之后对方却一副不认识自己的样子，她心里受不了。

怎么会这样呢？

短暂的发呆之后，陈韵儿深吸一口气，洗好手开始给牛牛做吃的。

苏璃洛就站在客厅，陈韵儿的一举一动他都看在眼里，心里满是心疼，他想要这个女生好好的，会突然之间想要把最好的都给她，可是他也会慌乱，不知道要怎么去保护这个穿着铠甲的女生。

小韵，你知道吗，我想要把我最好的都给你。

陈韵儿很快就做好了瘦肉粥，牛牛爱吃，有肉的他都爱吃。

“哇，看起来好好吃，小韵我开动了哦。”

“别……”陈韵儿想说别着急，粥很烫，可是吃货已经迫不及待喝了一大口，烫得他伸着舌头直吸气。

“小韵……好烫……好烫。”

陈韵儿跑到厨房从冰箱里拿出冰着的柠檬片，坐苏璃洛旁边，说：“来，伸出舌头。”

苏璃洛坐正身子，粉红的小舌头伸出来，含糊不清地说：“小韵，是不是烫红了？”

舌头本来就是红的吧？陈韵儿故意绷着脸，凑近牛牛，小心地将一片冰过的柠檬片敷在牛牛的舌头上。

不知怎么的陈韵儿突然想起之前牛牛还是小狐狸的时候，不停舔自己的画面，脸颊瞬间红了。她扭过头去不让牛牛看见自己的脸。

可是苏璃洛怎么会漏掉这样的景色，他笑了，含着酸酸的柠檬片，心里却美滋滋到不行。

“小韵。”

“等下舌头不疼了、粥也凉了再喝吧。”陈韵儿端过苏璃洛的那碗粥，边搅拌边吹吹，让它能快点儿凉。

“今晚去学校后面的花园，我有好东西给你看。”

陈韵儿抬头，牛牛的表情很得意却也很认真，想了想还是点头，牛牛一定是怕自己太累了。如果自己不好好地，那对不起的就不只是自己了。

学校很大，绿化地带也非常完善，即使是晚上景色还是很美的。

陈韵儿坐在一条长椅上摇晃着小腿，周围能够听到风声，空气中还夹着海水的味道。

如果不是自己心情沉闷，那么这幅景色肯定美极了。只是平时通宵都亮着的路灯今晚都没有亮起，怎么回事呢？

“小韵。”苏璃洛回来了，露出的额头上还能看到汗。

“牛牛，你要让我看什么呢？”苏璃洛早早就带着她过来了，之后就一个人跑开了，不知道要去做些什么，过了这么久才回来。她伸手给牛牛擦汗。

苏璃洛一把抓着陈韵儿的手，把不知所措的她拉近自己，顺手蒙上她的眼睛，自己在她身后，压低身子在她耳边说：“是很漂亮的东西，小韵要做接受惊喜的准备。”

他的呼吸扑在她的耳朵上，痒痒的。

“三。”

“二。”

随着苏璃洛的倒数，陈韵儿的心竟然扑通扑通加速跳动。

“一。”

苏璃洛松开手指，陈韵儿睁开眼睛的瞬间，天空上就炸开一朵烟花。

陈韵儿有些看呆了，很多漂亮的不同颜色和形状的烟花相继在天空中绽放，她觉得自己鼻子酸酸的。

苏璃洛这么用心地对待自己，花这么大的心思只是为了让自己开心。看来自己最近的情绪表现真的很糟糕吧。

她回头看着在烟花照耀下变得斑斓的苏璃洛，心里很温暖，像是吃了一块棉花糖，甜甜糯糯的感觉。

“牛牛……”

苏璃洛看着发呆的小韵最终还是没忍住，低头吻上了她的唇。

凉凉的触感，两个人却都面红耳赤。

苏璃洛一手托着小韵的后脑勺，一手将她揽进自己的怀里，辗转着亲吻她的唇瓣。

陈韵儿也不知道自己怎么着好像忘记了应该要推开牛牛才对，被他那样小心翼翼地亲吻，像是小孩子得到期待已久的玩具，生怕弄坏了似的。

回到公寓后陈韵儿躺在床上辗转反侧怎么都睡不着，喝了几大杯凉水，脸颊还是红扑扑的，感觉很烫。

她有些羞怯地把自己蒙进被子里，手机的短信提示音响了。

“晚安。牛牛。”

长这么大以来，陈韵儿好像第一次懂得了什么叫心动。

她突然意识到，自己好像喜欢上牛牛了，脑袋里想的全是他，不定时就会露个脸。而陈韵儿自己现在拿着手机看着牛牛发的短信笑得跟白痴一样，这是最明了的表现了吧。

好吧，喜欢牛牛了，真的喜欢了。

之后的几天，一切好像恢复到最初风平浪静的时候，同学们开始正常上课，凤鸾老师偶尔找陈韵儿谈谈近况。

其实她也想明白了关于若兮的事情，她一定不会是刻意地去忽视自己。分开的一个星期里，她都不知道若兮发生了怎样的事情，她当时的感受实在是不应该。

陈韵儿已经下定决心了，她决定重新和若兮做好朋友。

两人之前那么好，就算忘记以前的事情，那么以后的事情却能够一起去创造。

陈韵儿在公寓里做好饭菜，用保温盒小心地打包好，出门去找若兮。

“咦，是你啊。”若兮穿着睡衣跑来给陈韵儿开门。

“我做了午饭，来找你一起吃的。”陈韵儿拎起手中的餐盒给若兮看。

“快进来。”若兮让小韵进去，自己跑到厨房去拿碗筷。

陈韵儿笑笑，还是那么馋，一看到吃的就忘记别的事情。她把做好的菜一个一个摆在桌子上。

“好香。”若兮迫不及待地拿着筷子夹起一块菜塞进嘴里。

“韵儿啊，谁以后娶到你真是有福气，会做这么好吃的菜，是经常烧菜的原因吗？”

陈韵儿一愣——若兮之前不喊她韵儿的，随即便不着痕迹地说：“我去专门学过烹饪，因为自己比较喜欢美食。”

若兮嘴巴里满满的全是吃的，含糊不清地说：“这样哦，那你的师父一定做菜更好吃。”

陈韵儿的手一抖，夹起的菜又掉了下去。

若兮真的不是故意疏远自己的，她忘记了，她居然忘记和她之前的种种了，可是为什么偏偏只忘记了她。

“若兮，你还记得我之前养的小狐狸吗，他最近胖了不少。”

凌若兮咬着筷子看着陈韵儿，思考了半天，皱着眉头说：“我怎么不记得你养狐狸了？是不是搞错了？”

陈韵儿愣愣地看着若兮，心里面凉了一大片。

一定是在那个星期里发生了莫名其妙的事情，才导致若兮不记得她的。

“呵呵，我是跟你开玩笑的，我没有养狐狸。”

若兮看着陈韵儿的眼神变得有些疏远，大概是觉得她有些莫名其妙吧。陈韵儿试探性地说：“若兮你记得吗？刚入学的时候，我们一起在理事长办公室，却得知咱俩不是分在一个班，你当时还很激动地要理事长重新分班呢。”

若兮喝了一口水，放下筷子：“我记得啊。”

“真的吗？”陈韵儿有些激动，导致放在自己手边的水杯都碰了下去。

“可是我记得我是和晓冉一起去的，不是你。”

陈韵儿愕然，若兮不记得的话还好说，那就是失忆了，可是为什么发生在她们身上的事情在她记忆里是和别人一起做的呢？若兮究竟发生了什么事情，她的记忆怎么会错乱呢？

“你还好吗？”若兮伸手摸摸陈韵儿的额头。

她摇摇头。

“韵儿你好奇怪啊，今天怎么问些乱七八糟的问题？”

陈韵儿尴尬地笑道：“大概是昨天没有休息好，精神不太好，你别在意。”

若兮摆摆手：“不会的。”

梅花印记！

若兮的手臂上有梅花印记，比前几天看到的似乎更加艳丽了一些！

所有的事情都是一团乱，一点儿头绪都没有，甚至还在不断出现更加匪夷所思的事情。

“对了，韵儿。”若兮夹着一块青椒放进嘴里，她以前从来不吃青椒的。她接着说：“你们班的那个苏璃洛，听说是转校生？”

她怎么关心起这个了？

“嗯，是啊，怎么了？”

若兮的表情变得有些奇怪，好像在害羞：“就很帅啊，看起来很酷，在咱们学校人气不低呢。”

虽然本能地心里有些抵触，可是陈韵儿还是明白了，若兮好像……喜欢牛牛了。

女生是最懂女生的了，若兮询问牛牛事情时的表情，就是一个少女在询问心上人时的情态。

“哦，是吗，我平时都没有怎么关心这些。”

“你跟他一个班，平日里给他写情书的女生是不是很多？”没等陈韵儿回答，若兮着急地接着说，“我听说是这样的，但是好像他都拒绝了，好像他是为了一个女生才来到我们学校的，不知道是谁这么幸运。”

陈韵儿最后几乎逃回了自己的公寓，倒在床上感觉很累很累。

若兮失忆了，嗯，还不是一般意义上的失忆，是记忆混乱，张冠李戴，连一件事情的当事人都弄错了。

而且，若兮她，似乎也喜欢牛牛。

陈韵儿握着手机犹豫了好久，最后还是拨通了牛牛的电话。

响了没两声牛牛就接了起来，略带着撒娇的声音传来：“小韵啊，好可怜，我做红烧肉都没有你做得好吃，我现在好饿。”

听到牛牛的声音反而觉得鼻子酸酸的，若兮喜欢牛牛的话，那么，她应该离牛牛远一些对吧，她不能做伤害若兮的事情。

她自己怎么都无所谓的。

陈韵儿冷冷地说：“学校的食堂也有红烧肉，都是顶级厨师做的，应该很好吃，如果你饿了可以去吃吃看。”

对方顿了顿说：“我想吃小韵做的。”

“我现在有事情忙不过来，我先挂了。”

没等牛牛回答陈韵儿就抢先挂了电话，喜欢一个人就是这种感觉吧，刻意去伤害他的时候自己要比他难过数百倍。

可是怎么办，她太不忍心伤害若兮了。

A NOTEBOOK OF LOVE FOR THE 

RIENTAL SAKURA COLLEGE

05

第五章

若兮，凤鸾

已经连续三天不停地下雨了，海上的波浪起伏得厉害，像是随时会把这个小岛给吞噬掉一样。陈韵儿一晚上辗转难眠，听见淅淅沥沥的雨声，不知道为什么就是睡不着。

早上还没等太阳从海平面升起，陈韵儿就已经起来了。她随手从冰箱里面拿了一个面包就开始啃起来，就在这时，陈韵儿的手机铃声响了起来。

“喂？”

“是小韵吗，我是清水。还有一个礼拜就要举行周年庆了，你有什么强项吗，我可以帮你举荐上去。”清水理事长说话就如同放机关枪，刚接通就噼里啪啦来了一大通。

“我吗……理事长，你觉得我除了炒菜做点心还能有什么强项吗？”开玩笑，她又不是有钱人家的女生，成天学拉小提琴、弹钢琴的。平日里除了给自己做菜，也没有别的特长让她学习的了。

清水在那边沉默了一会儿：“那就推荐你去厨艺大比拼吧，我们每年都有这个活动。”

“拜托理事长！别人是五星级大厨师，我一个星级都没有的人，怎么去比赛啊！”陈韵儿差点儿发狂，理事长也太乱来了吧！

“没关系的，一切以开心为主嘛！就这样，我把你名字给举荐上去了！”

说完，理事长就“吧嗒”一下挂断了电话。喂，这个理事长是怎么回事啊！让她去参加厨艺大比拼，什么状况啊这是！虽然她真的会做几道小菜，但是也不至于跟他们那些有厨艺等级的学生去比吧？

清水理事长到底在打什么主意？

思及此，陈韵儿立刻掏出手机，连忙打电话给苏璃洛。

“牛牛，你在哪里？我有件事要找你帮忙，有空吗？”

“什么事儿？”

“你来一下我的寝室，帮我品尝一下菜。清水理事长把我举荐到六十周年校庆上参加厨艺大比拼，我怕我会被评委批评得很惨！”

“好。不过要奖励，不然不来的。”

真是的，怎么还跟小孩似的，居然要奖励。陈韵儿轻笑了一下，那就棒棒糖吧。

“好，我会给你奖励的。”

陈韵儿挂了电话后，就从书柜上翻出一本食谱，这本食谱是当时在饭店厨房打工的时候，主厨送给她的。主厨是个很年轻的女人，不过对食物很有研究。一直没用到这本食谱无非就是因为麻烦，况且她的厨艺不差，只是相比于酒店的厨师就稍微有点儿差强人意了。

“砰砰砰！”

咦？这么快就到了啊，这个家伙是太迫不及待想得到棒棒糖了吗？

陈韵儿一蹦一跳地过去开了门，骤然被眼前的人给惊住了！苏璃洛银白色的发丝随意地扎在身后，身上穿了一套金光闪闪的骑士装，还随身携带了一把剑。

喂，这是唱哪出啊？

苏璃洛耸了耸肩，很无奈地说：“我也是被理事长逼的，硬要我参加什么六十周年庆，我是被安排在一出话剧里。”

有没有搞错啊这个理事长！平常没觉得她这么爱玩儿呀！

“不是说要请我吃饭吗，还没做好吗？”苏璃洛反客为主，无视了陈韵儿吃惊的眼神，一屁股坐在饭桌前。

“什么请你吃饭，明明是让你来尝尝我的厨艺。只求过得去，不求第一的。”

苏璃洛的眼神一柔，便自己倒了一杯水喝了起来。

“这道菜叫芋羹，只放了芋头和大蒜，正宗农家菜。”陈韵儿端了一小碗羹出来放在苏璃洛的面前。

眼前的羹色已有，香也不错，不知道味道怎么样。苏璃洛用筷子夹了一块芋头放进嘴中，这个芋头入口即化，一定是花费很多时间来炖的。再用勺子舀了一口汤放进口中，汤的底料是鸡汤，鲜而不腻，味道极佳。

“这道是黄金肴，是用南瓜做的，我着实费了些功夫把南瓜搅成泥状。”

苏璃洛夹了一筷子，所谓的黄金肴就是陈韵儿把南瓜剁成泥状，并且摆弄出各种图形，在上面撒上葱花，在新颖方面更胜一筹。

“这道菜叫青菜炒香菇，香菇只是点缀，并没有放很多。”

一般人炒青菜都会把青菜炒得很熟，颜色看上去就有点儿偏黄了。陈韵儿的这道菜，炒了七分熟，另外三分，菜焖在盘中自然会熟。这样看起来色泽就较鲜艳了，青菜和香菇完全是两种反差色，一种绿色，一种黑棕色。由于香菇的点缀，吃起来都有点儿透着香菇的味儿。

可是——

“为什么都是蔬菜？”苏璃洛抬头询问陈韵儿。

“你不觉得蔬菜比肉制品更好吃吗？”陈韵儿惊讶道。

苏璃洛眯了眯狭长的眼眸，单手托着下颚，沉默了一会儿后，才说道：“这个点子虽好，不过有一个缺陷。”

“什么缺陷？”陈韵儿讶异。这个办法是她从菜谱上学来的，那个主厨曾说过，做山珍海味不如做农家菜，这样会更受大家的欢迎。

苏璃洛叹了一口气，站起身：“你这个菜充其量只是家常小菜，吸引不了大家的，这些菜大家并不是没吃过，你要出奇制胜啊……”

“怎么办？”陈韵儿接得迅速，当真是迫不及待地想要知道。

“你过来，我告诉你。”苏璃洛挥了挥手，示意让她靠过去。

陈韵儿放下手中的碗，走近了几步，将耳朵搁到苏璃洛的嘴唇旁，听他的方案。

“就是要——”苏璃洛热热的气息划过她的耳朵，他用轻不可闻的声音回答道，“让我得到奖励啊。”

说罢，苏璃洛一点儿都不客气地张开嘴巴，死死地咬住陈韵儿的耳朵。

陈韵儿一惊，瞬间脸上绯红。这到底是哪门子的方案啊！

大概过了半分钟后，苏璃洛才松开嘴巴，两颗小小的虎牙似乎很得意地露在外面。

“你干什么？”陈韵儿面红耳赤地等着苏璃洛回答。

这个家伙怎么回事，好好地让他尝菜，咬她耳朵做什么？害得她现在心慌意乱，脸上的红晕都能煮熟两个荷包蛋了！

“小韵你……真是什么都不懂。”苏璃洛吹了一口气在陈韵儿的脸上，琉璃色的眸子眯成一条线，周围的气氛瞬间暧昧起来。

海风徐徐，窗帘如同海浪一般波动着，陈韵儿抿了抿嘴：“什么意思？”

如大提琴般的笑声低低地传了过来，苏璃洛站直身子，陈韵儿就立刻退后了几步，以便保持距离。

“小韵好可爱，你真的比开心果还逗。”苏璃洛笑得甚欢，就差抱着肚子在地上打滚了。

陈韵儿一见此景，立刻火上心头，原来这个家伙是在耍她，结果她还心里小小地悸动了下。原来是自己会错意了吗，不，摆明了是这个家伙刻意让她误会的！陈韵儿动怒，一狠心将脚死死地踩到了苏璃洛的鞋面上，随即抬头狠狠地瞪着他。

只是苏璃洛倒是难得地收了收笑容，继而把手放在了陈韵儿的头上，胡乱地揉了几下。陈韵儿正想发作，这时电话铃声打断了她的思绪。

“喂。”苏璃洛接起电话。

“我是清水，我现在被关禁闭了，处境很危险。不能出理事长办公室半步，我需要你们的帮忙。”清水的声音断断续续，看样子信号就快要被阻断了。

“我现在跟小韵过来。”

苏璃洛刚说完就欲挂电话，打算和陈韵儿一同去行政楼理事长办公室，但是清水似乎还有话要说，因为信号的缘故说话内容断断续续的，听不真切。陈韵儿心下着急，一把抢过电话“喂喂喂”了半晌，但是对方没有反应，再去听电话的时候居然已经挂断了。

“怎么办？”陈韵儿看向苏璃洛，皱着眉头很是担心。

“我们先过去看看吧！”苏璃洛拉着陈韵儿的手走出了寝室。

已经是中午，却吹来一丝丝凉风，依旧穿着短袖的陈韵儿缩了缩手臂，心中略微有些不安。

苏璃洛抬头望了望天空，海风吹得他的发丝凌乱。行政楼的顶处，竟然缠了一朵又一朵的乌云。真是个奇怪的天气，明明别处都是阳光明媚，行政楼上空却是乌云密布。

“跟我来。”

苏璃洛刚刚踏上行政楼的大门，空旷的大厅再次响起了古老大钟的“布谷布谷”声，木质的小鸟跳跃在大钟下的小窗里，似乎想要挣脱一切飞出去。他眯了眯双眸，木质小鸟的眼睛竟然被人蒙上了。

在嘉川学院里，好歹清水算个理事长，从另一个角度来说也是个灵力者，怎么会被关禁闭？苏璃洛有些好奇，以清水的能力，有什么事情还要依靠他们吗？还是说……对方的能力比她强大，使清水不得不依靠他们的力量？

这个学校，究竟还隐藏着哪些不为人知的秘密？

将清水关禁闭的那个人会是谁呢？而抓走穆晓冉和凌若兮的那个人又是谁？操纵穆晓冉和凌若兮的目的是什么？

而这个人是操纵穆晓冉和凌若兮失踪的那个人吗？可是之后，对方又为什么把她们两个放了回来，这其中是有什么缘故？

苏璃洛握住陈韵儿的手不放，踏上棕色的阶梯。理事长的办公室在走廊的尽头，之前走来倒是不觉得路长，现在却感觉像是走不尽一般。

“咚咚咚”，苏璃洛敲了敲门，过了好久，都没听到有人应声。正觉得奇怪之际，门“吱呀”一声，自己开了。

陈韵儿紧紧抓住苏璃洛的手，手心都出汗了也依旧不放手。苏璃洛走在前头，一脚踏进了办公室的大门。

海蓝色的窗帘随风飞扬，窗户的左侧是一排书架，上面放满了图书。窗户旁有一张办公桌，上面有一台手提电脑，桌上有许多被风吹得凌乱的文件。窗户的右边是一台挂壁式的投影仪，旁边就是一张长形的沙发。房间很宽敞，东西放得很少。

这与第一次所见都是一样的，但是最让他们奇怪的是，在电脑办公桌前，赫然坐着清水理事长。

不是说处境很危险吗？怎么还能这样悠闲地坐在这里？哦，对了，清水理事长说过她不能出办公室半步。

“你们来了？”清水站起身沏了一杯茶，示意他们坐到沙发上再聊。

陈韵儿倒是心急，立刻一蹦三跳地坐到了沙发上，立刻询问起事情的起因经过。苏璃洛只是看着窗外的天气，也不出声，站在大门旁在想着什么。陈韵儿也不管他，自顾自地和清水开始聊了起来。

“事情是这样的，我刚刚开了一个会议，十几个股东让我让出理事长的位子。”清水火红色的头发被高高地束了起来，她继续说，“本来这件事是由不得他们决定的，因为每一届的理事长都是由最大股东担任的。这次可能是因为凌若兮父亲的缘故，挑起了不少是非。”

若兮吗……陈韵儿低头，她已经很久没跟若兮说上一句话了，若兮也没有再跑到她的寝室来蹭吃蹭喝，总觉得她们之间的距离是越来越远。但是理事长刚刚说的，因为凌若兮父亲的缘故，挑起了不少是非……这个怎么可能，她不是由若兮的父亲介绍进来的吗？还以为他们交情不错，难道只是表面吗？

“是因为什么事情才挑起的？”陈韵儿问道。如果是一些小事情，她跟苏璃洛还能解决，但如果是关于股东权力的事，他们两个又怎么可能做得到呢。

“凌若兮的父亲说，平白无故让他的女儿失踪了一个礼拜，至今为止都没调查出结果，这个人是配不上理事长这个职位的。”清水学着对方的话，又重复了一遍。

“那……”陈韵儿刚想问话，却被苏璃洛打断了。

“那小韵，你之前做的菜我还没告诉你正确的方案呢。”苏璃洛突然弯起眸子看着陈韵儿，身体依旧抵在大门口处。

“那件事过几天再处理不就好了吗，清水理事长的事情比较要紧啊。”陈韵儿皱眉，这个人怎么连事情的轻重都分不清呢？

苏璃洛走近陈韵儿的面前继续微笑，但是显然语气加重了不少：“小韵，我们必须要在今天做出绝佳的美味，不然我再也不告诉你我的方案是什么了。”

“不告诉就不告诉，现在什么事情重要什么事情是其次你不知道吗？难道你刚刚接电话时紧张的表现是假的？”陈韵儿气愤，她不知道苏璃洛是发生了什么事情，但是眼前的事情最为紧急，不能因为别的事情而忘了清水理事长。

清水一直待她极好，虽然有的时候并不表现出来，可是陈韵儿心中一直有数。在摸她头的一瞬间，陈韵儿感觉到了温暖。所以，她怎么能因为校六十周年庆这件小事，而不去顾及清水呢？

“你现在必须跟我走，我不管你愿不愿意，总之你现在就是得听我的！”苏璃洛的表情一下子凶狠起来，一把抓住陈韵儿的手腕，死死地拉向门口。

“你这个人怎么回事啊，你要走就自己走，干什么要拉着我一起？”陈韵儿吃痛，但是依旧咬牙抓着门把不肯走。

原先还对苏璃洛稍稍有点儿心动的感觉，不过这个人太反复无常了，她才不会喜欢这样的人呢！

“你们这是要去哪儿？”清水站在原地，微笑着看着陈韵儿和苏璃洛。

“理事长，苏璃洛不知道出了什么问题，抓得我手好疼。”陈韵儿感觉到手腕处传来阵阵疼痛，估计手腕都已经红肿了吧。

“我好不容易把你们喊来，你们怎么能走呢。”

清水的语调有些奇怪，她走近了几步，陈韵儿顿时闻到一股臭味扑面而来。

怎么回事？陈韵儿抬头，赫然看见清水理事长就站在她的面前，从下巴处滴着血，细细一瞧，竟然是没有了下巴！

“理事长，你的……”陈韵儿的话堵在嗓子眼，因为她看到清水的下巴正捏在她自己的手里，血淋淋的，牙齿还在蠕动。

发生什么事了！好好的理事长变成了妖怪？可能是由于惊慌，她抓在门把上的手一松，就立刻被苏璃洛拖着跑出了那个鬼地方。

“牛牛，怎么回事？”陈韵儿的脚有些发软，要不是苏璃洛拖着，她怕早就倒在地上了！

“不是让你早点儿走吗，你还不听我的话，现在这样全是你活该。”苏璃洛冷言冷语，还在为刚才的事生气。

陈韵儿咽了口口水，也知道了刚才是自己太过执着：“对不起，我也不知道会发生这样的事情。”

苏璃洛只管拉着她跑，也没有看她：“刚刚进这个行政楼的时候就感觉到怪怪的，整片天空都是晴朗的，只有这里布满乌云。一开始我也以为是自己多疑，但是你仔细想想，真正的清水性格跟刚才那个妖怪，有什么不同之处？”

陈韵儿边跑边想："理事长的个性是不拘小节的，自然不会因为这种小事情来劳烦我们，从根本意义上来说我们也帮不上忙。而刚刚那个妖怪和理事长在说话语气方面也是不同的。"

"刚刚我观察了窗外，外面的天气晴好，跟我们今天出来时的天气有点儿不大一样。小韵你出来的时候是不是感觉到外面风很大，有点儿凉？但是那边看起来却是风平浪静，没有一点儿起伏。所以我想着刚刚的那些都只是妖怪施的一场幻术罢了。"苏璃洛转了一个弯，迅速地下楼梯，打算找到大厅后就出去，他们不能再待在这里了。

"幻术？"陈韵儿吃惊，她刚刚看到的清水老师是多么真实啊，那居然是幻术！"现在我们要去哪里？"

"白痴，当然是走出这个鬼地方了！"苏璃洛念了一句，迅速地跑到进来时的那个大厅，却在大钟的前面停了下来。

陈韵儿一头撞上了苏璃洛的后背，摸了摸撞疼的额头问道："怎么了？"

沉默了一会儿，苏璃洛才说："我们走进幻境了。"

幻境？什么东西！陈韵儿瞪大眼睛，看了看周围的景物，都是跟原来一样啊，为什么说这里是幻境？

"我们进来的时候，看到的是不是古钟上木质的鸟被蒙住了眼睛？现在你再看——"

苏璃洛的手指向大钟，陈韵儿望着那个方向看了过去，倒吸了一口冷气。眼前的大钟指向12点，可是他们进来的时候是下午啊，也不过半小时的时间，竟然变成12点了。最诡异的是，大钟下木质的小鸟正张着嘴巴在歇斯底里地叫着什么，眼睛也被人削去了，看上去令人不禁汗毛都竖起来了。

“可是这样也不能说明这里是幻境啊。”只是稍微被人动了下手脚，就说这是幻境吗？

“刚进嘉川学院的时候，我有留意过行政楼的建筑方向。按照五行八卦来算，行政楼建筑的方位极阴，再加上周围是海，人烟稀少，极有可能成为幻境。”苏璃洛沉下心，开始想应对之策。

忽然，他想起清水来电话之时，之后的声音有点儿模模糊糊，被信号所干扰的样子，是想告诉他们些什么吗？只是很遗憾，他什么都没有听清楚，就这样冒冒失失地来到了这里。

这样想来，对方似乎是有备而来。刻意用清水的电话吸引他们过来，其次再用幻术看见假象，现在这里又是幻境。如果想得不够明白，估计是很难从这里走出去的。

“走吧，既来之则安之。”苏璃洛沉了沉心，这句话既是安慰自己也是安慰陈韵儿。

毕竟……苏璃洛眯了眯眼睛，没有再想下去。

苏璃洛拉起陈韵儿的手，走到了后厅。刚进入后厅，整个建筑物的风格就换成了另一幅景色，之前的行政楼比较哥特式，显然现在的旧了一些。

“怎么会这样？”陈韵儿吃惊地咬住嘴唇，环顾四周，相似的竟然只有这个古老的大钟！

苏璃洛的眼神稍稍严厉了些，像是自言自语一般：“已经走到幻境的中心地带了，之后可能会给我们讲一个故事吧。”

故事？什么故事？陈韵儿不能理解苏璃洛所说的话，所谓的幻境就是讲故事的吗？

“嘘，开始了，不要说话。”苏璃洛看着前面，抓住陈韵儿的手走到柱子的后面。

大厅两旁嫁接了不少的樱花，没有像外面种植的那几株庞大，只是小小的还没长大的样子。

一个穿着黑白相间外套的男子从外面走进大厅，黑色的长发到达腰间，他手上拿着一个信封。陈韵儿仔细一瞧那个信封的样式，像是80年代那样古老的样子。

“清水，你的信。”优雅从容的男子将信放在木质桌面上，从怀里掏出一块木头开始雕制。

“丝冗，这一天怎么都没见你。我的功课怎么办？”人未出现声音先到达，只听到“吧嗒吧嗒”快速踏楼梯的声音，就知道来人有多心急。

名叫丝冗的男子抬起头微微一笑：“清水乖，慢慢做功课，不懂再问。”

扎着双马尾的少女拿起书册，点了点上面的东西：“这个，这个，还有这个这个，我都不懂！我全都不懂！”

陈韵儿揉了揉眼睛，确信了自己看到的是《五经算术》。那可是古代才有的东西，这个叫清水的女生……该不会和清水理事长是同一个人吧？这样算下来，清水理事长到底活了多少年啊？

即使有再大的灵力，也不可能一直保持20岁的模样，清水理事长不是人吗？思及此，陈韵儿蓦地手脚冰凉起来。如果不是人，那和她平日里朝夕相处的是什么？

丝冗揉了揉清水的发丝，把手里的木制品交给她："清水，以后即使我不在身边，你也要好好活下去，我会把最好的都留给你。"

"丝冗在说什么？"清水眨了眨眼睛，"丝冗不是唤灵师吗，唤灵师是不会死的。你又怎么可能不在我身边？"

唤灵师？陈韵儿倒吸了一口气，立刻转头看向身后的苏璃洛，他也皱起眉头不明所以。

如果丝冗真的是唤灵师，那清水也不过就是个平凡至极的人类，她凭什么活了那么多年不改变容貌？

"唤灵师不会死，可是爱上人类的唤灵师可是会死的啊……"丝冗淡淡地扬起嘴角，看着大厅外的樱花四处飞扬。

"那么丝冗不要爱上人类，只跟清水一个人在一起就好。"清水睁着大大的眼睛，说着天真的话。

丝冗淡笑，再次揉了揉清水的发丝，不再谈论这个话题："清水似乎很喜欢樱花，这么多樱花之中，为什么就只挑了染井吉野樱种植呢？"

"因为染井吉野樱最为平凡，在樱花众多种类之中是最不出色的一类。就像丝冗会和清水在一起，清水就像染井吉野樱一样平凡无奇啊。"清水欢笑地解释着樱花的含义，似乎很是开心地绕着丝冗转了半圈。

丝冗看了看染井吉野樱，走到大厅门口："时候到了啊……"

他张开双臂，迎接阳光。清水呆呆地站在原地，完全没有了刚才高兴的样子，好像知道丝冗在做什么一样。

阳光下少年回头，看了看清水的样子，良久良久，才上扬嘴角用轻不可闻的声音说道："清水，要好好照顾自己，即使我不在，你也要很开心地过下去。"

清水的眼睛睁得极大，看着阳光下的男子一点一点地消失，她突然用歇斯底里的声音吼道："不要啊，丝冗！"

继而泪水似乎不受控制般疯狂地滑落下来，清水跑上前，死死地抓住丝冗的衣角，但是抓到的不过是一场空。

唤灵师是不能爱上人类的，不然会受到批判，并且灰飞烟灭。丝冗消失的那一刻，清水打开手心，才发现他走之前给她的木制品，是只小鸟。

希望她与小鸟一样自由自在，可以不受拘束地活得开开心心。

"丝冗，丝冗！"清水朝着丝冗消失的方向不停地嘶喊，最终听到的也不过是空旷的回音罢了。

在大厅外的樱花树下，突然下起了樱花雨，而樱花的颜色竟然是红色的！

丝冗把所有的能力……唤灵师的能力，全部都给了她。可是丝冗，这样的她还是开心不起来啊……为什么丝冗你可以付出得这样心甘情愿，走得却无声无息？

丝冗你……真的是这样急不可待了吗？

"怎么会这样？"陈韵儿侧头问苏璃洛。

苏璃洛的眼睛一直直视着前方，如果眼前的一切是真的话，那清水的能力是丝冗给她的。丝冗的身份是唤灵师，宁愿被批判，也要给清水最好的。这虽然是爱，也是宠溺啊。

几十年后嘉川学院行政楼的方位会建成这样，完全是因为想祭祀灰飞烟灭的丝冗，而大钟下的木质鸟也是丝冗所制造的。这些本也是无害之物，但是加上唤灵师的能力之后，却再无可能不出现异样。

之所以五十年后会出现血樱，那是因为那天碰巧是丝冗灰飞烟灭的第五十年。怕是清水那边出现了什么异样，才会有血樱的发生吧？

“没事，我们出去吧。”苏璃洛没有放开陈韵儿的手，开始迈步走向大厅。

“你们想去哪里？”

带着奇怪调调的声音忽然从背后响起，苏璃洛和陈韵儿同时转身，发现身后的墙壁上刻着清水掉了下巴的模样。她的眼珠奇怪地往相反的方向转去，随即像是要把整个眼珠都给挖出来似的，眼白处都布满了血丝。

“啊！”陈韵儿吓了一跳，马上跑到了苏璃洛的身后。

“为什么不相信我说的话呢，我说的都是真的，为什么不相信我呢？”墙壁上的清水在里面挣扎了一番，继而从中蹦了出来。

眼前的妖怪已经没有了原来的面目，原本化作清水理事长的样子也怕是到了极限，慢慢地正在退化成本来的样子。

“别怕，你先跑到大厅外面，我来断后。”苏璃洛将陈韵儿护在身后，眼神一刻都没有转移地看着眼前的这个妖怪。

即使他现在没有能力，他也要保全小韵。就像丝冗能为了保护清水一样，从此不再出现。这样的事他也可以做到！

“不要，我不要像理事长那样活过50年，最后依旧只是一个人。”陈韵儿抓住苏璃洛的衣袖，竟然猜透了他的想法。

“走吧，我是唤灵师。唤灵师怎么可能没有能力去对付一个妖怪。只是区区一个妖怪而已……”苏璃洛故作轻松地说道，却被陈韵儿打断。

“如果你有能力，你不会惧怕妖怪，那你为什么在刚才，不杀了这个妖怪，反倒还要留到现在才告诉我你有能力，你能打败它呢！”

苏璃洛抬眸，看见陈韵儿眼中的坚定。原来早就把他看穿了啊。那么，要死一起死吧！

“小韵，这次我是说真的。我不能保你周全，但是如果你死了，我一定会跟你一起死。”苏璃洛第一次用那双狭长的眼睛，认真严肃地看着她。

陈韵儿点头，继而狠狠地再一次点头。

没有动听的甜言蜜语，只有行动以及那三个字“一起死”，足矣。

“嘶！”

墙壁就像一层壁纸一样被撕了开去，随即看到凤鸾从墙壁外走了进来，他看了看苏璃洛，很无奈地说了一句：“就知道你这个没能力的唤灵师会惹出事情来。”

凤鸾怎么会在这里？那个墙壁是怎么回事！还有那句“没能力的唤灵师”是什么意思？难道苏璃洛真的是唤灵师中的例外，是一个没有能力的唤灵师吗？陈韵儿脑袋中全是疑虑，但是她知道现在并不是问问题的好时机，所以只好藏在心里。

“你来得太晚了。还说清水会让你帮助我们，我本来就没什么能力，能恢复原身已经是很不得了的事情了，你们还在妄想什么？”苏璃洛双手交叉地放于胸前，冷冷地回答着。

凤鸾从口袋中拿出一个符咒，也不知道符咒上到底画了什么，竟飘去了妖怪那里，随即他摇起了辟邪铃。几番之下，那个妖怪嘶吼了几声，打算扑过来，无奈符咒在前，只能眼看着自己的身体被撕碎，然后化为灰烬。

行政楼的大厅变为原来的样子，连着大钟都变成了先前那样。

“小韵，你没事吧？”凤鸾信步走到陈韵儿面前，对苏璃洛冰冷的目光视若无睹。

陈韵儿笑道：“还好，幸亏凤鸾出现了。”

这下，苏璃洛的脸黑了一层，哼了一声后就想离开，没想到刚走了一步，心脏处就恍如尖锥刺入的感觉，还没反应过来就一下子晕了过去。

凤鸾接住倒下的苏璃洛，皱眉道：“他可能瘴气入侵，必须赶紧送到医院去。”

陈韵儿的心顿时一下揪起来了，肯定是刚刚牛牛帮她抵挡妖怪的时候受了瘴气感染，她一直以为牛牛是唤灵师，是无所不能的，结果现在才知道原来牛牛也会受感染的……他其实也是凡人。

马不停蹄地送到医院后，医生说要留院观察几天，陈韵儿这才稍微放下心回到学校。

事情过去几天后，大家都知道苏璃洛生病住在医院。

对于这件事，陈韵儿觉得有好处也有坏处。

好处就是能够很理所当然地请假去探望牛牛，坏处就是苏璃洛长得太妖娆，惹得若兮去探望。

陈韵儿打开门的时候，再一次看到若兮坐在病床边为牛牛削苹果，这一切她都看在眼里。不知道已经多少次了，只要她每次过来若兮总会在。

若兮也是所有女生中最积极的一个。

陈韵儿一直知道若兮喜欢苏璃洛，可是自己对他的心该怎么办？

“小韵，你来啦？”躺在床上的苏璃洛笑眯眯地看着陈韵儿，脸色明显好了很多。

陈韵儿只是点点头，把一些生活物品放在桌上，想着有若兮在，她也算是第三者，很是不方便。

还没等陈韵儿走出门口，她就听到床上的人用撒娇的口气大声念道：“我要吃红烧肉！我要吃清蒸鱼！我要吃满汉全席！”

陈韵儿哭笑不得，这里不仅仅是他们两个人，他这样说把若兮放在哪里？

“我也来了好长一段时间了，下午我还要做别的功课，先回去了。”若兮笑了笑，拿着包站起身，走的时候还不忘多看牛牛两眼，“晚上要盖好被子，千万不要着凉了。”

这样的关切，让陈韵儿的头皮阵阵发麻。

等凌若兮走后，房间里安静了一会儿，谁都没有开口。

陈韵儿扯扯脸颊，笑得有些干涩：“其实……我不来也没有关系，若兮每天都会来……”

“哼，我就喜欢小韵伺候我。”苏璃洛霸道地接上话。

在之前进入幻境的时候，他们都以为对方会死，所以才说出了那种“要死一起死”这样的话，她能理解，可是现在……她还好好的，他亦没事，而牛牛的身边却总是围绕着那么多喜欢他的人。

陈韵儿知道她很多余。

“小韵，其实我……很喜欢你，可以跟我交往吗？”

宁静的房间连盐水的点滴声几乎都听得见，陈韵儿大气不敢出一口，生怕这是一场不能完成的梦。

牛牛，我多么想接受你，但是牛牛你已经有若兮喜欢了啊。我不可能背弃若兮接受你，这对若兮来说是不小的打击。

即使若兮已经忘了和我之间的友谊，不过我知道，终有一天，她会重新接受我。

对不起，牛牛。

“苏璃洛，对不起，我不能接受你。”陈韵儿的头埋得很低，连眼睛都看不到。

躺在床上的牛牛冷笑了一下。

“小韵是喜欢凤鸾吗？他是个老师，难道你被老师的关怀所感动，所以很喜欢他吗？”

低着头的陈韵儿一下子呆住了，她不明白，为什么刚刚还是牛牛在向她表白，现在却一下子牵扯到凤鸾的身上。她喜欢凤鸾，仅限于师生那种，对牛牛的感情才是男女之间的情感啊。

陈韵儿刚想张口解释，床上的人蓦地阴霾地说了两个字：“出去。”

站着的少女踌躇了一会儿，良久才缓缓地走出医院的病房。

“好好照顾自己。”

A NOTEBOOK OF LOVE FOR THE

ORIENTAL SAKURA COLLEGE

第六章 06

校园六十周年庆

又回到正常课程的陈韵儿再也不用请假去看苏璃洛了，看来他们两个关系算是闹僵了。

陈韵儿理了下桌面上的书籍，骤然发现有一本书竟然被人用了502胶水粘在了课桌上。刚刚只是去上了趟厕所，书就莫名其妙地粘在了桌上……

如果非要拿起这本书的话，就是打算不要封皮了。可以先把书从桌子上扯下来，然后再用热毛巾把粘在桌上的封皮烘热，便于扯下来。

可是现在最要紧的不是如何处理这本书，而是为什么会有人恶作剧到她头上来？若兮曾经说过，自己无权无势，少爷小姐平白无故刁难她做什么。这样说来，就是她有些事情做得不好了？

陈韵儿抬头观察了一下周围的同学，才发现他们都面色匆匆，像是怕极了陈韵儿。

话又说回来，她无权无势。那些人怕她干吗？不，那不是怕，而是被人警告了不准和她接触的感觉！

凤鸾走到执教台上，眼神扫了扫周围，照例问道：“今天有谁请假吗？”

“老师，陈韵儿不在。”举手的人名叫李念安，仗着家里有钱说话也大声。

陈韵儿在底下一惊，她明明已经在课堂上，李念安竟然说她不在？陈韵儿小心地看向台上，不经意间和凤鸾的眼神直视，3秒过后，她惊慌失措地收回了眼神。

“李念安，如果你下次再管不住自己的嘴的话，就不要在这里上课了。”凤鸾冷冷地看了一眼李念安，没等到她回答，就说道，“今天我们讲的是三角函数……”

陈韵儿虽然很认真地在做笔记，可是她感觉到周围的气氛与以前的不同。周围的同学有些刻意跟她坐得比较远，有些正看着她窃窃私语，每个人看陈韵儿的眼神都带着不屑。

是发生了什么事吗？为什么大家都这样看着她。陈韵儿看了周围一圈后，继续低下头听课。

这时，耳边突然传来一个嘲讽的笑声：“看，陈韵儿居然在听课，好稀奇！穷困生居然来嘉川学院读书。”

“即使家里有门路也开不了后门进这里啊！陈韵儿要姿色没姿色，要身材没身材，是讨好理事长才进的这学校吧？”

“别说理事长啊，到现在为止理事长都不见踪影了。说到这里，也不知道是不是陈韵儿害的。”

陈韵儿骤然抬头，发现声音的来源处就是李念安与前后桌的讨论声。今天也不知道李念安是怎么回事，之前也跟她没仇啊，为什么李念安要说她没来上课，现在又针对她呢。

“啪！”不知道哪里飞来的书本，一下子就砸到了李念安的头上。她吃痛地捂住头顶，瞪大了眼睛环顾四周，却发现没人注视着她。李念安冷哼一声，翻了个白眼给正看见了全经过的陈韵儿。

陈韵儿疑惑地眨了眨眼睛，突然感觉口袋里面有震动，拿出手机一看，发现是条短信。

“今天晚上7点半研究下菜谱，宿舍北门见。牛牛。”

陈韵儿回头并没有看到苏璃洛，想想可能是坐在别的角落吧。

经过那件事以后她以为他们之间再也不会有联系，可是没想到牛牛主动来联系她了……这让陈韵儿很期待。

夜来得很快，陈韵儿整理了一下菜谱，顺带拿上笔和记事本，便去了宿舍北门。

海风一阵阵地吹动着，海浪的声音“哗啦哗啦”作响。陈韵儿走到北门的时候，正好是7点半，宿舍北门比较幽暗，就连廊灯都点得不是特别明亮。她向外张望了下，没有看到一个人的存在。

一般情况下苏璃洛是不会迟到的啊。可能是出了点儿事吧？

陈韵儿拿出手机拨了苏璃洛的电话号码，但是响起来的却是机械的声音：“对不起，您所拨打的电话已关机，请稍后再拨。”

连带着手机也没电了？

陈韵儿不死心，接着打：“对不起，您所拨打的电话已关机，请稍后再拨。”

不会是这个家伙忘记了吧？这么重要的事情，那家伙忘得一干二净了？

陈韵儿叹了一口气，走到门外，看着一阵阵的海浪以及天上繁多的星星。

等到陈韵儿眼神疲倦的时候，蓦然间看到海上有一个东西在飘动，一阵一阵，她想要过去触碰，于是一步步缓慢地走到海边。可是那个东西仿佛有点儿远，在现在的位置她还触不到，只要再走近一点点，一点点就好，就能碰到了。

啊，又近了一点儿，就只差一点儿了，陈韵儿抬起脚步又向前走了一步。

“喂，你干什么？”

一个声音突然钻入脑袋，陈韵儿一下子醒了过来，冰冷的海水冲进口鼻，一下子竟有点儿呼吸不过来。

干什么？她在干什么！

她怎么会在海里，不是在宿舍北门吗？

不知道是不是脚下的水太凉，一个海浪打过来，陈韵儿的脚竟然痉挛了。

“救命啊，救命啊——”

陈韵儿乱了方寸，不停地乱踢脚下的水，结果水越发缠着她，渐渐地陈韵儿筋疲力尽了，整个身子沉到了水中。

海水好凉好咸，陈韵儿再也没有力气挣扎了，她是要死在这里了吗？

仿佛间陈韵儿看到一个影子游到她的面前，继而托起她的身子就往岸边游去。夜晚是涨潮期，海浪一下又一下，那个人似乎力气蛮大的嘛，这么大的海浪都没把他冲走。

她似乎被拖到岸边了，因为身上没有那恐怖的海水，风一阵阵吹来，陈韵儿感觉到很冷。

“陈韵儿，你没事吧？”

对方的声音听起来很熟悉，但是绝对不是苏璃洛的。那个家伙，那个家伙骗她来这里，还害得她掉进大海里。

该打该骂。等她醒来，一定要狠狠地骂他一顿！

“陈韵儿，你醒醒，有没有听到我在说话？”

对方的声音传进陈韵儿的耳内，她真的想皱皱眉头说一句“你说得那么大声，我怎么可能没听到”。不过她的眼皮很沉重，眼睛一点儿都睁不开的样子，胸口也堵得慌，像是什么东西闷在里头吐不出来。

海浪依旧平常，“哗啦哗啦”的声音像是安眠曲，陈韵儿越发感觉自己犯起困来。蓦地，她感觉到有人在按她的胸口，狠狠地一下又一下。陈韵儿突然感觉到不舒服，有一种想吐的感觉。

陈韵儿睁开眼，把呛在喉咙里的海水全部都吐了出来，这下心口不难受了。

“怎么样，你没事吧？”

听到声音，陈韵儿才慢悠悠地看向对方。

咦，居然是凤鸾老师。

“老师，你怎么在这里？”陈韵儿半撑起身体，凤鸾不是一直都很少出现的吗？

除了上课和清水理事长的吩咐，她几乎看不到凤鸾的出现。

“等会儿再跟你解释，现在苏璃洛还在水里！”凤鸾的声音有些着急，“我刚刚去水里探了一下，发现根本没有苏璃洛的身影！”

什么！

苏璃洛掉到水里找不到了？

陈韵儿内心一抖动，竟然全身无力起来。她从来没有想过，医院那次会是他们最后一次见面！她想找到他，这个想法疯狂地占有了她的全部思维！

凤鸾看出了她的想法，立刻黑下脸来制止她：“我知道你想救他，我又何尝不是！但是海水那么深，我只能将你救回来一次，第二次我怕我再也没有能力。你知道苏璃洛为什么会不见了，你为什么会莫名其妙地进入海中……这片海名为妖怪之海，进去的人都出不来。可是你别忘了，苏璃洛虽然没有能力，但好歹是一个唤灵师！”

海风一阵阵吹来，凤鸾和陈韵儿浑身都湿透了。她眼睛发直，嘴上缓缓说道：“你们是怎么找到我的？”

这个地方不是苏璃洛私下发短信给她的吗，为什么凤鸾也会过来？

凤鸾叹了一口气，说道：“苏璃洛今天下午就出院了，他出院的第一件事就是找你。在你的宿舍寻了一番后并没有发现你，却瞧见你的手机落在了寝室，于是看到了那条短信……其实短信并不是苏璃洛发的，他这几天并没有发这样的短信，所以惊觉事情不妙，就立刻赶来这里看看，没有想到你要跳海！”

“凤鸾，我没跳海！”陈韵儿第一次喊凤鸾的名字，不是因为别的，她只是觉得这件事情比较严重才会这样叫的，“我没有走到海中，我只是看到了海中有一个在飘的东西，不知道为什么想要去抓，但是怎么也抓不住。想要更走近一步的时候，被你喊醒了，我惊醒过来才发现我在海里。”

凤鸾脱下他的西装外套，一把披在了陈韵儿的身上，也不顾自己会不会着凉。

“你可能被妖怪催眠了。我这么说也没有多大的依据。不过由于海浪的缘故，催眠是很容易产生的。因为海浪频率一致，在潜意识中会有偏向于睡着的意图。如果这个时间段有人再引导你一下，就会产生催眠作用了。”

凤鸾看向海中，那依旧拍打沙滩的海浪看似无奇，却是催眠的最佳武器。

“不可能吧，我没有听到有人在我耳边说话，只是觉得自己的潜意识里面想要去抓住那个东西。”陈韵儿思索了一下，摇摇头否决了凤鸾的推测。

“妖怪岂是这么好被你推测的。”凤鸾笑，“今天去上课的时候，我就发现一个问题。全班同学似乎对你有点儿意见？明明你在，却说你不在。私下是不是还把你的书用502胶水粘在桌面上了？”

凤鸾坐在陈韵儿的旁边，看了看天上的繁星，心中已明白事情正在一点点变复杂。清水的消失，陈韵儿成为全校的公敌。这些都只是开始，更多的事情或许还在后头。

“说实话，凤鸾，我也不清楚到底怎么回事。自从从幻境走了出来后，全校的氛围变得好奇怪。我会来到这个学校，全是因为凌若兮，可是若兮现在最要好的朋友变成了穆晓冉，对我很是生疏。继而是全校的学生对我的态度，我对李念安这个人并不是特别了解，之前也没有得罪过她，不清楚为什么她现在要针对我。现在又是催眠的事，我估摸着会死于非命啊，凤鸾。”陈韵儿侧头不去看凤鸾的表情，她明白这种事情只有自己去承担，与凤鸾说并无太大的帮助。

“从幻境出来后就变得很奇怪吗……”凤鸾重复了一遍，开始沉思起来，“奇怪的是，清水也消失了……”

在幻境的那段时间他不知道里面发生了什么事情，只是接到清水的一个电话，说是出事了，让他赶紧去行政楼。他想要问清楚的时候，对方的信号干扰得很厉害，一点儿都听不清楚清水的声音。

随即凤鸾想着还是去救人要紧，就立刻跑去了行政楼。虽然他知道苏璃洛没有唤灵师的能力，但是好歹他也是一个唤灵师，保护陈韵儿的勇气应该有的。

刚进入行政楼就感觉到整个楼房已经处于幻象之中了，凤鸾不知道对方的意思，就直接贸然地闯了进去，结果闯进去基本上没有什么障碍，一下子就到了幻境中心地带。

时间凑得这么好，他一进去就刚刚被妖怪追杀？感觉一切都像是被人操纵着似的。

凤鸾沉思，如果一切被人操纵着的话，清水是不是已经遇到不测了？

从认识到现在，只知道她一直是一个把自己藏得很深的人，总是表现出一位老人家的样子，虽然早在见到她的时候就知道清水已经有一大把年纪了，而她也没有隐瞒什么。为了学校的事情即使嘴上说不挂在心上，可是凤鸾明白，她比任何人都要在意这个学校。毕竟是她和丝冗相知相守的地方啊。

到现在事情已经牵扯到陈韵儿和苏璃洛了，凤鸾知道清水想把自己内心的痛苦分担一点儿给他们，可是就这么一点儿，就让陈韵儿和苏璃洛陷入了旋涡之中。

不知道清水现在是不是在后悔，如果她一个人承担，那陈韵儿就不会遇到现在这个状况，全校都还是一如既往的样子吧？

不，凤鸾苦笑，事情已经开始，怎么可能放过每一个人呢？

等陈韵儿回到寝室已经是9点之后的事情了，拿了睡衣就打算去浴室洗澡，结果浴室的门还没打开，门上顶的一盆水就倒了她一身，接着就是脸盆掉地时“咣啷”的一声。

陈韵儿抖了抖衣服，算了，反正今天也倒了大霉了，不会去在意这点儿小事。只是让人觉得奇怪的是，为什么会有人有陈韵儿寝室的钥匙，从而摆上这盆水呢。

她边想边胡乱地洗完澡后，就躺到了床上沉沉地睡了过去。

“吱吱吱——”

不知道睡了多久，陈韵儿听到声音，揉了揉发酸的眼睛才看周围。不睁眼不知道，一睁眼吓一跳，一只硕大的老鼠蹲在她的面前，正用鼻子在寻找着什么。

陈韵儿一惊，立刻想抖掉老鼠，不过没想到这老鼠还挺大胆，没被抖下去反倒爬到了陈韵儿的脸上。

“啊！”陈韵儿尖叫，也顾不得脏了，一把抓下正在她脸上胡抓的老鼠，直接丢到了窗户外。

过了良久，陈韵儿才定下神来，重重地吸了一口气后，才坐回床上。

从这几天发生的事情可以看出，对方并不是一个只想要为难她的人。那个人，想要她死！

从书本被502胶水给粘在课桌上这个恶作剧开始，接二连三地出现别的状况，甚至还用了催眠这样的方法，想让她死于无形之中。现在倒好，看到她没死，甚至用了山鼠来吓她！山鼠体积比一般的老鼠大，还有咬人的可能。

那个人有这么恨她吗？非要置她于死地不可？

陈韵儿掏出手机，拨了苏璃洛的电话。现在虽然是凌晨时间段，但是如果对象是陈韵儿的话，他应该会接电话的吧？会的吧？

“对不起，您所拨打的电话已关机，请稍后再拨。”

还是如此机械的声音，苏璃洛到底是出了什么事了？在课堂上的时候不是还好好的吗，当时还因为李念安的事而把书本丢到了她的头上……不对！那个角度，虽然看上去是苏璃洛丢的，但她只看到了一个抛物的过程，应该是苏璃洛后面的杨沫沁丢的！

一直以为苏璃洛是在乎她的，现在想来是她的错觉吗？

陈韵儿内心一凉，翻了翻电话号码簿。清水已经失踪，断然是不会给她打电话的；若兮对她已经没有了好朋友的情谊，打给她也无用；苏璃洛的电话处于关机状态，也没有用。那么，只有凤鸾老师了……

正想着凤鸾，他的电话就来了。

陈韵儿顺势接起电话。

“喂，老师。”

“这么晚了还打扰你，睡了没？”

凤鸾的声音有点儿轻。

“没有，刚刚被一只大老鼠吓醒了。”陈韵儿如是说道。

“能来一下我的寝室吗，我好像发烧了。”

什么，发烧了？是晚上救她的时候着凉的吗？对啊，陈韵儿拍了一下自己的脑瓜，她是白痴吗？当时凤鸾把西装给了她，晚上海风那么大，怎么可能不着凉？

陈韵儿换了一身衣服，备上一些感冒药就跑了出去。

男生寝室与女生寝室隔得比较远，在晚上10点之前两个寝室是可以互通的，这也是嘉川学院行事的风格。但是凤鸾住的是教师寝室，又稍微比男生寝室还偏远点儿，不过因为要照顾到爱学习的学生，教师寝室是不会关大门的。

换言之，就是任何时间段都可以进教师寝室找老师。

陈韵儿敲了敲凤鸾寝室的门，没想到寝室的门只是掩着，并没有关上。她推门进去的时候，发现凤鸾咳得很厉害。

都怪她，为什么要在海风下聊天，还聊了那么久。自己生病就算了，连累凤鸾生病她有点儿过意不去。毕竟凤鸾是执教老师，每天都有课要上。现在他这个样子，怎么去上课呢。

“老师，你没事吧？”

陈韵儿把药放下，走到凤鸾的面前，摸了摸他的额头，确实热得发烫！

“我还是喜欢你叫我凤鸾。”

凤鸾的声音低哑，像个垂死的老人一般。

“凤……凤鸾。”陈韵儿喊得有点儿尴尬。之前是因为事情发生得比较严重，也没有在意，就喊出了“凤鸾”二字。现在突然让她喊，骤然觉得不习惯。

凤鸾咳了几下，说：“不用觉得内疚，我会发烧完全不是因为昨晚吹了海风的缘故。只是每三个礼拜我都会这样，之前清水在，她会帮我掩盖这个事情。现在清水失踪了，我只能告诉你，拜托你来照顾我。小韵，你不会拒绝我吧？”

听此，陈韵儿摇摇头。

她怎么可能会拒绝，凤鸾算得上是她的救命恩人，他帮助了陈韵儿，自然她也要去回报凤鸾。

“不会的，凤鸾。你放心，这件事我会保密。”

凤鸾虽然是除妖师，能力也不容小觑，可是会有这样状况的他……曾经经历过什么呢？

“小韵，你在想我的身体是怎么回事，是吧？”凤鸾卷着被子咳了几下，像是要把五脏给咳出来似的。

陈韵儿摸索着从桌上拿了两片药出来，塞进凤鸾的嘴巴，随即把水倒入了他的口中：“我也不知道感冒药有没有用，总之吃了再说。另外，我现在很明确地告诉你，我很想知道你的身体是怎么回事，可是等你烧退了再告诉我吧，现在我不想听。”

听到陈韵儿的话，凤鸾突然低低地笑了起来，平日里他都是以不苟言笑的面孔出现在别人面前，但是今日一笑，才知道凤鸾也是个温柔的人。

“好，我以后告诉你。”他的眼睛在夜晚看起来有点儿发亮，好像璀璨的珍珠一般。

“你先睡吧，我在这里守着你。”陈韵儿挑了一把椅子，搬到凤鸾的床前坐了下来。

海风习习，凤鸾眨了眨眼睛，没有再说话，乖巧地闭上了眼睛。

早晨醒来的时候，凤鸾看到陈韵儿正用手托着下巴，有一下没一下地垂着头。昨夜他没有做梦，是从那里逃出来后的第一夜没有做梦。

是她在的缘故吗？凤鸾抬起手揉了揉陈韵儿的头发，头发很柔，像丝绸一般。

“嗯……凤鸾，你醒了吗？”陈韵儿睁了睁惺忪的眼睛，模糊地问道。

凤鸾收回了手，修长的手指不经意间抖了抖：“嗯，小韵给我去倒杯水好吗，刚醒来有点儿渴。”

陈韵儿应声去倒水了，而凤鸾的眼神依旧追随着她，刚才差一点儿，就差一点儿就透露了不该有的情感了。在那之前不是说过吗，不要再对她有一点点的幻想，一点点都不可以有。

“喏，水。”陈韵儿把水杯递到了凤鸾的嘴巴处，一点点喂他喝下去，顺道摸了摸凤鸾的额头，“今天好点儿了吗？”

“嗯，不发烧了，身体也不难过了。”凤鸾咽下最后一口水回答道，

“对了，今天是双休日，你要不休息下吧，昨晚照顾我一晚上，应该累了。”

陈韵儿大大地打了一个哈欠，眼中还噙着泪水：“我也正想说呢，我先回寝室了。”

等到陈韵儿关上门走出去后，凤鸾才想起来这个丫头忘记问关于他身体的事情了。

他淡淡地笑了笑，随即便起来了。

因为凤鸾明白，这个学校已经越来越奇怪，清水现在不在，只能他来解决一些无法避免的事情。就算是用命，他也要保住嘉川学院，以报清水的救命之恩。

离11月中旬的六十周年校庆越来越近，事情也是越来越多，学生和老师也越来越忙。不过谁知道这段时间，会有怎样的黑暗等待着他们呢。

嘉川学院校六十周年庆是有史以来规模最为庞大的一次，C市的有声望的人员都会到场。原本定时出发的轮船，船长被多增加了几次来回的工作量，接待了不少人员过来观摩。

说得也对，如果换成豪华游轮的话，也不可能装得下全校的成员，那从外边来的政府成员以及商业界的龙头怎么办？总不可能开两三艘轮船隔空举办吧？

校六十周年庆对外宣称是六十周年庆典，以规模大、高消费为标准举办的一场隆重大派对。

由于嘉川学院的风格也不宜打扮得过于奢华，所以把那些过多的资金都放到了举办的各个项目上去了。

嘉川学院在此次举办的校庆活动中，包括了化妆、话剧、乐器、武术、厨艺、歌唱、裁衣、画画等各项比赛，不过以上说的全部都是一些总体的。好比是化妆包括了复古风、古妆、彩妆，武术包括了跆拳道、柔道、中国武术等一些小分类。按照大分类中再分小类，总共活动不下百种。

之所以称之为大规模，以上还不是最主要的。而是在此期间，别的学校的学生也可以来参观，并有礼物相送。所以很多学校的学生争相来到嘉川学院，为的就是一睹学院风貌。毕竟嘉川学院就是各个学生所向往的地方。

“小韵，你准备好了吗？”门外的凤鸾敲了敲陈韵儿寝室的门。

“等一下，凤鸾！”陈韵儿在屋内惊叫，继而传来“乒乒乓乓”的声音。

凤鸾微微叹了一口气，难得自己有一天起得那么早来接陈韵儿，但是在屋内的她不知道在忙些什么。临近中午的时候才会举行厨艺大比拼，那个丫头这么早忙活起来了。只不过是偶尔来的小私心，想让她陪陪自己逛下学校罢了。

“好了好了！”陈韵儿打开门，开心地钻了出来。

随着陈韵儿打开门的瞬间，凤鸾闻到屋内传来一阵刺鼻的气味。他皱了皱眉头：“你在里面弄什么东西？”

陈韵儿打着哈哈：“没有啦，到时候你就知道了。”

凤鸾狐疑地看了她一眼，也没有再问什么，只是原本交叉在身后的手突然拉住陈韵儿：“跟我来。”

陈韵儿惊异了一下，凤鸾居然拉着她，心中突然一番感动。刚看到凤鸾，只知道他生性冷漠，但是接触后才知道他是个外冷内热的人。

“凤鸾，你带我去哪里？”陈韵儿不明所以，以现在的时间去看学院所搭的台真是早之又早啊，也不过才清晨5点多点，要不是今天要准备比赛的东西，她也不会这么早就起来。

凤鸾回头，故意卖关子地说：“你等会儿就知道了。”

等会儿……得等多久？陈韵儿在心里小小地疑惑了一下，最终没有开口询问凤鸾，因为她知道凤鸾不会把她卖掉的。

“好了，你看！”凤鸾在一棵榕树下停了下来，他指向前方。

陈韵儿从他食指的方向望过去，看到的是一片蔚蓝的海洋，而海的最终端处缓缓地升起一轮日光，是日出！

“好美！”

陈韵儿从心底发出感叹，她来到这个学校后看到的除了夕阳还是夕阳，从未想过有一天会去看日出。不过她也忘记了，在嘉川学院的海平面看日出是最好不过的了。嘉川本身就是在小岛上，周围环海，从海平面升起的太阳是最初也是最美的。

“我心情不好的时候，都会来这里看日出。”凤鸾在半空中画了一个空圆圈，“小韵，你知道我为什么会成为除妖师吗？”

“嗯？难道不是因为自己喜欢或者是家族传承吗？”陈韵儿看向凤鸾，睁着大大的眼睛看着他。

“家族传承是其中小部分的因素。我本身是不爱这个的，因为我深信着这个世界上没有妖怪，不过很可惜我后来遇到了。”凤鸾坐在沙滩上，双手抱膝，眼睛直直地看着前方。

陈韵儿学着凤鸾的姿势坐在了沙滩上：“遇到后就学习除妖的本领了吗？”

“不是，我学这个完全是为了保护一个人。”不知道为什么凤鸾说这句话的时候声音特别轻，轻到恍若听不见的地步。

“嗯？保护一个人，保护谁？”晨光下的少女在沙滩上抓着一把一把的沙子，漫不经心地问道。

凤鸾轻笑道：“她的名字叫安眠。”

安眠？陈韵儿在心中疑惑了下，比“凤鸾”这个名字还要奇怪。

“她死了，死了5年多了。”凤鸾继续说道，“5年前，我还是一个大学生。本身死也不相信妖怪的我，第一次相信了有妖怪的事实。”

“安眠是妖怪吗？”陈韵儿不自觉地插口问。

“不是，安眠是人类。她不停地在马路上奔跑，跑到了小巷，黑得看不见五指的小巷。我只是个路人，安眠突然扑到我的身上说让我救救她。”凤鸾的眼神看向前方，似乎在回忆，“我不知道为什么，突然有股冲动想救下她。由于本身在家里受过对付妖怪的训练，我很容易就救下安眠了。”

虽然这个故事听上去很怪诞，但是遇到过妖怪的陈韵儿绝对相信凤鸾所说的话。第一是他没必要骗她，第二是他对安眠的情感，陈韵儿感觉得出来是真心的。

“安眠的体质的确很受妖怪欢迎啊，每天有成百上千的妖怪冲到家门口撞破防盗门，撞碎玻璃，不惜一切代价想要伤害安眠。前几次都是被爷爷给阻拦了下来，之后没多久爷爷就病了，家里的父亲母亲包括舅舅姑姑，他们都没有除妖的能力。”凤鸾脸色苍白，全身都在颤抖，“最后，父亲跪在我的面前跟我说，鸾儿，放了这个少女回去吧，我们家养不起她啊……我拒绝，我一再拒绝这样的要求。我即使不要性命也要保全她，这是我见到她后内心一个根深蒂固的信念啊……如果这个时候放她回去，我知道安眠肯定会没命的，她会死。”

“后来呢？”陈韵儿问。

“后来安眠走了，走得无声无息。我知道她听到父亲和我的对话了，安眠不想成为我的累赘，所以选择走了。我也到外面疯狂地找过，但是却什么都没有找到。也是从那天开始，我接手了爷爷的除妖技能，天天学习咒语，学习画符咒。就是希望有一天如果能再见到她，可以有能力保护她。”凤鸾闭了闭眼睛，一滴眼泪轻若无声地滑过眼角。

终于知道为什么凤鸾看上去那样冷漠，他的感情曾经受过创伤，所以再也不要面对除了安眠以外的人的感情。

“你只是说没有找到她，为什么说她死了？”陈韵儿有点奇怪，凤鸾从始至终都没提到过安眠被妖怪攻击而死了，又怎么说她死了呢。

“一个这样体质的人孤身跑到外面，能不被妖怪给吃掉吗？本来我也不信的，但是我在前几个月见到一个人，我才确认安眠已经死了。”凤鸾重重地叹了口气，随着海风吹开衣衫，把冷冷的海风灌进自己的身体里。

“见到了谁？”陈韵儿好奇地问。

凤鸾闭上眼睛，很隐晦地避开了这个话题：“一个跟安眠息息相关的人。”

既然知道凤鸾并不想她问那个人是谁，她就不问。每个人都有自己的小秘密，自己又何苦去挖掘别人揭不起的伤疤呢？

“我会待在这个学校，是因为清水理事长，她曾经救过我，我只是为了报答她的救命之恩。”凤鸾站起身，显然表示已经没有再聊下去的兴致了。

陈韵儿奇怪：“清水理事长为什么会救你？”

“在消灭妖怪的时候，难免会碰到比自己强大的。当时我命悬一线，幸亏清水出手相救，不然我怕是已经不在这个世界上了。而我左眼上的那道伤疤，就是当时留下来的。”凤鸾走离了沙滩半步，又回过头对陈韵儿说，“小韵，我今天很开心，谢谢你能陪我说这么多。”

能陪凤鸾说这么多，完全是因为凤鸾也会听她说很多事情啊。在凤鸾难过的时候，她又怎么可能弃他于不顾呢。不过从他的话题中可以看出来，凤鸾他……真的很重视安眠，即使付出生命也在所不惜地在乎。

若不是因为家里人的原因，估计他们现在还在一起吧？

陈韵儿想了想，笑了起来。陈韵儿望了望凤鸾走的方向，良久她才拍了拍身上的沙子走了过去。

也差不多该回去准备她的食物了，10点她还有比赛呢。各个学校的人都会来观赛，总不能因为凤鸾的事而心不在焉吧？

陈韵儿掏出钥匙打开了宿舍的门，原本的好心情在进门的瞬间彻底瓦解！她在厨房准备的所有用于比赛的食物全部被毁掉了！蔬菜类的全部倒在了地上，像是被碾过一样惨不忍睹，肉类食物均被倒了稀硫酸，已经腐蚀得剩一块臭肉了。海鲜类更不用说了，不知道哪里来的臭水都倒在了贝壳类和鱼类上面。

这些东西被毁，一时三刻又如何去准备食物素材？这些都是陈韵儿准备了一晚上的东西啊……即使找到了食物，时间也不够！

看到这样的情况，陈韵儿该如何去比赛？

到底是谁，要这样不计一切代价地让她毁灭在嘉川学院？她难道就这么不融于这个团体吗，还是说陈韵儿的存在对于他们来说是个障碍呢？她不过是想要守护曾经的友谊，可是……又是从什么时候开始友谊变质了，爱情也不见了呢？

若兮莫名其妙地跟她生疏了，苏璃洛莫名其妙地不接她电话了，清水莫名其妙地不见了……这个学院，到底在做什么？

从她来的那一天开始，整整一个月，所有的事情都不曾停息过。原来她才是罪魁祸首吗，不该来这个不属于她的地方，是她来错了地方！

陈韵儿蓦地站起身，想要去卧室收拾一下衣服，远离这个地方，再也不要回来。既然别人不容她，陈韵儿又何必死皮赖脸呢？

她跨出一步，“咣”一声在脚边响起。陈韵儿低下头才看到，脚下还有一个小小的玻璃坛，这个本来是在这次比赛中打算做一道开胃菜的，只是不知道被污染了没。

陈韵儿蹲下身，小心地打开盖子。她皱了皱眉头，小心地尝了一口，惊奇地发现居然没有被破坏！这道菜还能用！

原本迈出去的脚步犹豫了。

在嘉川学院里，清水理事长对她一直很好很好，她现在消失了陈韵儿还没帮忙查找出来真正的原因。对凤鸾的印象即使一开始也不是特别好，可是现在也不错，可以说真心话。

这些，难道不足以成为她留下来的原因吗？

陈韵儿像是自我说服一样，狠狠地拍了一下胸口，算是下定了决心。于是她搬起了地上的那坛东西，小心翼翼地放到了桌面上，细细地想了一下应对之策之后，就开始淘米做饭了。

嘉川学院的六十周年庆在8点准时举行，从早上的8点举行到晚上10点。晚上8点以后就是舞会。烟花声响起，整个学院萦绕在音乐的气氛中，不知不觉间已经进入了学校周年庆的主题。

陈韵儿理了理身上的衣服，重重地叹了一口气，终于在开场之前做好所有准备了。

她要在9点之前到达“厨艺大比拼”这个比赛场地，若是迟到就会被当成自动弃权处理。陈韵儿抱了坛子和一个罐子跑了出去，不料刚开门就撞到了一堵“墙”。

“小韵，这么着急这是要去哪里？”

头顶上的声音传了过来，陈韵儿一抬头就看见凤鸾吃惊地看着她。

“不是要开场了吗，还是先去比赛场地吧？”陈韵儿着急地回答，东西都没抱稳就已经冲到了门外。

凤鸾看了看陈韵儿，眼神有点儿淡漠，抬起左手狠狠地揉了揉她的发丝：“小韵，他回来了。”

陈韵儿内心狠狠一个撞击，问道：“他是谁？”

头顶上的人深深地吸了一口气，似乎知道如果说出这个名字，将会使她的心情反复无常，但是如果不说，凤鸾又违背了自己的意愿。两者相难之下，他不知道该怎么做了。

“凤鸾，你说啊，他是谁？”陈韵儿抬头催促着。

凤鸾咬牙：“苏璃洛。”

陈韵儿神色一变，险些就没了力气抱手中的坛子。

苏璃洛回来了……

终于回来了吗？那这段时间他是去了哪里？为什么会联系不上？在她遇到困难的时候也没有再出现，其中发生了什么事？

有这么多这么多疑惑想要问他，可是苏璃洛竟然连一个电话都没有打来过。

不是回来了吗，为什么会不给她打电话呢？他们之间的关系……什么时候这么生疏了？

不，他们好像从来都是生疏的。从一开始的狐狸身份出现，到之后被发现身份的期间，苏璃洛从来都没有说过自己是唤灵师。好像从一开始，苏璃洛就知道她会来嘉川学院一般。

苏璃洛，你到底有没有把我放在心上？陈韵儿咬咬牙，端着坛子继续走了出去。

即使没有你的帮忙，我还是一样可以在这个比赛上面获得成功。即使没有你……

凤鸾跟在陈韵儿的身后，内心有些不安。最终他还是说了出来，可是他该不该说那件事呢，他看到苏璃洛和别的女生在一起的事实？今天是校六十周年庆，小韵有比赛要参加，他还是不要说了吧，下次……或者下下次，也是有机会的啊。

外面风和日丽，学校六十周年庆算是选对了日子。不少领导和商业龙头都在观赏小岛上的风景，有的则是在看已经开始的比赛，外来的学生都是带着崇拜的眼神看嘉川学院的。似乎没有什么不对的地方，可是陈韵儿的心被打乱得彻底。

她看到在“厨艺大比拼”的比赛场地上，那个一头银发的少年从她面前走过，随即就收回了视线。

这算是什么态度？

明明是他自己不打声招呼就先走了，明明是没有打一个电话回来询问状况，明明是他！但是苏璃洛看她的眼神就像是陈韵儿做错了一样！

陈韵儿理了理放在桌上的锅铲，顺便把坛子放在了桌下。她紧紧咬住牙关，她陈韵儿就不信了，没有了苏璃洛怎么可能不行！

“好的，摄像机大哥请把镜头对向这边的‘厨艺大比拼’。上一次的柔道比赛已经让我们的观众看得目不暇接，那在临近中午的时间看看‘厨艺大比拼’，尝尝我们C市的消费中心地带的孩子所做出来的佳肴吧！”校六十年庆的主持拖着礼服的长裙，手拿麦克风，出现在“厨艺大比拼”的现场。

“据说这个‘厨艺大比拼’比赛项目，是由我们清水理事长开发的，它是自我们嘉川学院成立之初时就已经存在了。‘厨艺大比拼’主要讲究的是我们中国五千年悠久的历史文化，对了，这里是以我们的中国菜为主。”

主持人走到台上，稍微观察了下每个人所准备的食材。走到陈韵儿身边的时候突然停了下来：“这位同学，我在别的同学的桌面上都看到了很多食材的影子，但是你却没有。所以你来参加这次比赛是想展现什么？”

陈韵儿心里一紧，万万没有想到主持人会采访自己，她平稳了下情绪，回答道：“每个人都有不同的方式展现自我，我相信每个人做的菜都是非常出色。不过，我今天带来的是真正的文化历史。”

主持人收回麦克风，微笑地对着镜头说：“看样子这位同学很有信心。那好吧，接下来请出我们的评委，有请美食界赫赫有名的张东冠，张大评委！”

话音刚落，就从人群中走出来一个体态丰腴的中年男人。他对着镜头和周围的人群挥了挥手，继而坐到了评委席上。

张东冠在美食界是出了名的毒舌派，对于不好的食品绝对不入他的口中，并且他心高气傲，是不屑与别人同时做评委的。

“好的，现在我们的选手和评委都到齐了。前面总共有二十六名选手，一一为我们带来了不同的美食。比赛期间不得从旁交流，不得有一样美食是重复的。比赛结束后，我们将实行抽签制，从抽签的先后顺序决定评委品尝美食的顺序。时间为两个小时，两小时后请看选手们的成果。”主持人站在评委旁边细细地说明了比赛规则以及时间。

主持人刚刚说的抽签的顺序决定评委品尝美食的顺序，那这个签一定要抽在前面，不然的话越到后头就越对选手不利。

主持人看了看时间："比赛——开始！"

刚下口令，众多选手就已经开始忙碌起来，切菜的切菜，雕花的雕花，各有不同。只有陈韵儿傻愣愣地将米倒入电饭煲中，插上电源后坐在一旁看别人切菜。

"咚咚咚"，旁边的一个选手切菜迅速，看样子刀工很厉害。她侧头一看，发现竟然是穆晓冉。若兮现在的朋友吧……

啊，真是讨厌，想到这里心居然有点酸涩。来这个学校之前她跟若兮的关系，不知道的人都以为是失散的姐妹。哪有一个朋友会真正关心到她的生活、学费乃至住所呢。可惜啊，那个人现在不再会和她说关心的话了。

"呵，你在看什么？"穆晓冉边切菜边说，"你寝室的那些菜都坏掉了，你现在都不能参加比赛了吧？"

什么！陈韵儿一愣，硬是没想到穆晓冉会说出这样的话来。她的意思是说，砸烂的菜，泼了稀硫酸的肉，以及被丢到臭水里面的海鲜都是穆晓冉做的吗？

"不要这么惊讶，那么大的一只老鼠居然吓不死你，你也没有把蟑螂吃下去。最可惜的竟然是你没有跳海而死，让我觉得好吃惊。"穆晓冉将菜放入盘中，带着嘲笑意味地看了眼陈韵儿，继续开始手头上的工作。

陈韵儿说的这些都是近几天来发生在她身边的事！她真的死都没想到，竟然会是穆晓冉做的，究竟是为什么她要这样做？

"你这么做的目的是什么？"陈韵儿压抑住自己的声音说话，竟然沙哑至极。

她从来没有想到穆晓冉会做这样的事情，从开学到现在，陈韵儿敢发誓，自己没有做过一件事儿让穆晓冉讨厌！

穆晓冉良久没有说话，拿起一块肉脯，一块一块地切：“我的目的就是，除掉你。”

最后三个字声音很小，但是陈韵儿还是听见了。除掉她？为什么，原因呢？她是哪里做得如此让穆晓冉憎恨了。

“为什么……”

“主持人，比赛期间不是不得从旁交流吗？不知道为什么，我旁边的选手老和我讲话。”穆晓冉突然大声叫喊，周围的选手全都看了过来。

陈韵儿瞬间心凉了下来，穆晓冉想让她被逐出赛场！

“是怎么一回事儿？”主持人走了过来，看了看穆晓冉又看看陈韵儿，问道。

穆晓冉抢过话：“我不知道啊，这位选手一个劲儿找我谈美食上的事儿，我也不好不答。但是碍于主持人你刚刚说的不得从旁交流，我也不敢回答了。可是她还是一个劲儿地问我，无奈之下我才选择告发的。”

陈韵儿的整个身子像是浸到了12月的冰窖里一样，冰凉冰凉的。她万万没有想到穆晓冉只是想引她开口讲话，随后就告发，这样她连比赛资格都没有，更没有这个心留在嘉川学院了。

主持人也肯定以为以她刚刚的表现，现在桌面上又没有动手做菜，肯定只是个混比赛的选手。这样，主持人定然会把她逐出这场比赛。

“好的，这里有位选手违反了比赛的规定，我们现在就将她——”果然，主持人拿起麦克风就要宣布这个消息了。

“凭什么？刚刚那位选手说的只是她的看法，我否认这个状况！我只是想做好自己的本分罢了，主持人。况且，你并没有真实见到，根本不能认定是谁的错，如果我说是穆晓冉不停地引我说话，你相信吗？”陈韵儿蓦地站起身，声音高过麦克风，脸上的表情没有玩笑之意。

主持人似乎觉得陈韵儿说得有道理，讪讪地笑了一下，继续说：“刚刚那位选手说得有道理，但是碍于我们这是在比赛。这样的事情只允许发生一次，下次我们将从严处理。并且请各位观众擦亮你们的眼睛，如台上有谁犯规，请大声指出来。”

刚刚宣布完，陈韵儿就听到穆晓冉嗤之以鼻的声音：“哼，这种主持人……早晚有一天要下台。”

听此，陈韵儿内心复杂至极。穆晓冉说这话的言外之意就是要靠着家族的力量，换下这个所谓的“不听话”的主持人，从而来达到自己的目的。

嘉川学院从根本上教会了她不少“做人”的道理：对敌人不必仁慈。那自己又是从什么时候开始，深深地陷入了这泥潭中，再也拔不出来了呢？好像是来到这个学校后，因为周围的人的改变，自己也一点一点变成了现在这个样子。

“好了，现在离比赛结束的时间只有10分钟了，各位选手都已经差不多做好了佳肴等待我们的张大评委品尝。我们也趁这段时间，来随机抽取一下选手们的号码牌，按照这个号码牌的顺序来品尝。”主持人笑着从一旁端出一个箱子，而里面估计藏着的就是号码牌吧。

“一号，李君君。二号，蔡桦门。三号，穆晓冉。四号，成莲……二十六号，陈韵儿。”主持人一一报了每个选手的号码牌，一个一个发到了各个选手的桌面上。

真没想到自己是最后一号呢，最最不利的因素全都笼罩在陈韵儿的身上。算了吧，船到桥头自然直，或许这也是个不错的号码牌。

“一号，请端上你的菜。”主持人站在评委旁边，等待着一号选手的菜肴。

李君君上前，揭开了盖在上面的不锈钢盖子，说：“因为这次的主题是以中国菜肴为主，从而表现历史悠久，我做的这道菜的名字叫‘大展宏图’。是由满汉全席改造过来，菜量虽小，但是其中却是加入了不少内容。”

评委拿起筷子夹了一口，只是稍微尝了一下，没有做出什么评论。

主持人叫了后面一位选手，评委也都只有品尝，没有做评论，全场气氛十分诡异。

“有请三号选手端上菜来。”主持人捏了把冷汗，喊了下一个。

“老师，这道菜叫只可远观不可亵玩。”穆晓冉打开自己的菜盘，“这道菜是我们家里祖传下来的，据说当时是风靡一时的宫廷菜。由豆腐制成，青菜点缀，用辣椒拼成荷花的样子。整个看上去就像是初欲绽放的荷塘花朵。”

评委拨了拨豆腐，夹了一块放在口中，神色稍稍有点惊异的色彩，但是依旧没有评论。穆晓冉从旁走过去，恨恨地跺了一下脚。如果他没评价，就是指这个作品还入不了他的眼，那她该怎么去争第一？

“有请二十六号选手，陈韵儿。”

陈韵儿听到自己的名字后，立刻从坛子中取出了一块食物出来，放在盆子中。另外从电饭煲中盛了一碗粥出来，放到托盘上。准备好后，立刻端到了张东冠的面前。

谁知张东冠见到陈韵儿的食物后，“啪”地一下扔掉了筷子，说道：“你们这群人有完没完，从刚才开始就给我吃一些俗不可入口的食物，现在竟然把腌冬瓜也给搬上来了！实在受不了了！我不要做这个评委了！”

说罢，张东冠就欲起身就走。陈韵儿听到她的身后传来一阵阵谈论的声音，有的甚至还在偷笑。

“哼，能把腌冬瓜搬上来的，不愧为平民啊。”穆晓冉的声音传到了陈韵儿的耳中，她回头，竟然看到穆晓冉和几个选手一并在嘲笑她。

“等一下，张老师，我这道菜的名字叫山水画。”陈韵儿小跑了几步追上了张东冠，“您都尝了他们的，却没有尝我的，这算是半途而废。在美食界您也是赫赫有名的评委，今天若是就这样走出去，您在业界的声誉也是极度受影响的。”

张东冠回头，眼神凌厉：“你在威胁我？”

“我并没有威胁您的意思，只是在跟您说事实。况且我的作品也是费了不少心思想出来的，您不是应该尊重每个选手的劳动成果吗？”陈韵儿坦言，这样的话怕是在业界还没一个人敢跟张东冠说过，看他的表情就不难知道张东冠现在的心情已经是火冒三丈了。

“山水画？好，我就看你什么样的腌冬瓜能让我品尝到美食的味道。如果你做不到，你将要为你今天的行为付出代价！”张东冠撂下狠话，随即又回到了座位上。

陈韵儿呼出一口气："这道山水画的最初意想只是为了节约而不浪费，农民所种的蔬菜瓜果有多之时，都会想到用各种方法保证在蔬菜瓜果卖不出的时候，还能再利用别的方法卖掉。腌冬瓜就是一种，不过在从前，腌冬瓜只是放于家里自己吃的。我现在拿出来，只是为了让老师您在吃了过多油腻的同时，也要记得古老历史的悠久。这碗粥是我用了一个小时炖的白米粥。您吃了这么多菜，还没吃饭吧？粥易消化，也润胃，对身体比较好。"

张东冠皱了皱眉，很难得没有再反驳什么，拿着筷子在腌冬瓜上夹了一块，放入口中，咀嚼了几口之后咽了下去。

"这冬瓜一定是选自夏天的吧，夏天的冬瓜总是又湿润又甜口。腌冬瓜里面没有放糖，可是依旧有点甜味入口，说明冬瓜的质量尚可。另外就是冬瓜入口即化，在煮冬瓜的时候也注意到了火候。"张东冠的这几句话算是给陈韵儿的褒奖，周围的学生都有了不同程度上的唏嘘声。

继而陈韵儿把调羹递给张东冠，他浅浅地尝了一口白米粥："在吃完腌冬瓜后，再尝尝白粥的味道，竟然有股酸溜溜的味道流入口中，必定是刚才腌冬瓜的缘故。"

"很多人在上流层面住的时间太久了，吃的山珍海味已经是数不胜数了。今天的腌冬瓜，只是为了让大家真正地品尝一下农家菜，也算是换一种口味。"陈韵儿对着众多学生的面，很不惧怕地说出自己就是贫穷生，但是同样也说明了给大家带来的感觉也是不一样的。

张东冠哈哈一笑道："今天倒是在这嘉川学院碰到一个有趣的人，能很大胆地说出自己没有钱，就算没有钱还要在C市消费中心的地方读书。你，真的很有趣。”

“多谢张老师的夸奖。”陈韵儿很坦然地接受了张东冠的夸奖，一点都不做作。

“今天能来到嘉川学院算是我的收获，然而我觉得以一道腌冬瓜作为胜利也不是我的风格，毕竟它只有一道菜，此外如果算新意的话，那只有大展宏图这一项了。”张东冠挺着个大肚子，从位子上站了起来，乐呵呵地离开了“厨艺大比拼”场地。

主持人从旁边走过来打圆场：“好的，刚刚似乎出现了一个小插曲，但是我们的评委已经选出了心中最满意的人选。下面也是到了我们‘厨艺大比拼’的结尾处，我是主持人丹丹，为您播报下一场比赛。”

终于不是现场直播了，可以稍微轻松点了。陈韵儿在私底下叹了一口气，回到原来的桌旁，开始整理桌面上的东西。虽然自己没有得冠军，但是总算对得起自己的内心。

“哼，居然拿着腌冬瓜来赢得比赛，平民都能进这嘉川学院，受不了！”

“就是啊，腌冬瓜！从来没见过的食物，她居然拿得出手？”

正在桌面上整理餐具的陈韵儿一字不漏地将身旁几个人的对话听去了，心下一阵难过，平民也是人，凭什么要被你们这群人嘲笑？

“我倒是很意外今天你能赢得比赛，就算什么都破坏了，仍然有信心站在这个舞台上。”穆晓冉在一旁说着风凉话，嘲讽意味一丝不少。

陈韵儿气结，为什么她做的每一件事情都要被别人议论呢？如果家族背景的高低就能评论人的话，那嘉川学院里的许多学生，都是含着金钥匙出生的温室花朵！

穆晓冉冷笑道：“不用钱，可以用色啊！”

“你！”陈韵儿瞪大眼睛，但是却被堵得说不出话来。

“穆晓冉在说什么呢，同学之间你都是这样说话的吗？”

凤鸾的声音从旁边响起来，眼看着穆晓冉神色慌张的样子，随即她像是吃瘪了的样子，自顾自地整理起餐具来。

“这些东西我来拿吧。”凤鸾从陈韵儿手中接过腌冬瓜的坛子，顺势侧到陈韵儿的耳边说了一句话，“刚刚碍于学校领导的面子，我实在不便上来，让你受委屈了。”

陈韵儿一惊，立刻摇了摇两只手，神色有点儿尴尬地回答：“啊，没有的事啊。不是特别大的事情，也没有什么好委屈的。”

凤鸾看了一眼陈韵儿，问：“去看苏璃洛的话剧吗？马上快开演了。”

蓦地，陈韵儿的心一抖，即使表面上还是装作若无其事的样子，但是凤鸾细心地发现她的两只手死死地拧住衣角。看样子又是戳到她的伤心处了。

“算了吧，那我们还是回去休息吧。”凤鸾轻轻一笑，转移了话题。

陈韵儿撇头：“不，凤鸾，我想去看。”

凤鸾叹了一口气，都怪自己，为什么要提苏璃洛呢。明知道苏璃洛是她心头的伤，明知道在小韵心中是无可替代的存在。可是他却管不住自己的嘴。因为在乎，因为嫉妒，所以想要一再地试探小韵。

“那好吧，我陪你去。”凤鸾低头说道。

陈韵儿没有点头也没有摇头，只是一步一步地想要走到那个有苏璃洛的地方去。

如果没有被伤害过，她还不知道自己对牛牛的感情有这么深，也许从一开始她就已经对牛牛有了不该有的感情了吧，但是总有些客观因素一点一点地影响着她。明知道不可能，却还要飞蛾扑火一般。

话剧的演出在嘉川学院的专门舞台剧场所，在其中设立了上千个座位，灯光及舞台效果都是极佳的。

陈韵儿和凤鸾走进舞台剧场所，就听到一阵欢呼声，只见许多人都挥着荧光棒，似乎是很期待那一幕的到来。陈韵儿转过头，才发现舞台上的王子正一点点地靠近公主的嘴唇。

不知道为什么，陈韵儿内心突然间窒息了一下，随即便有种喉咙哽咽住的感觉。她扶住门把，脚软得竟然站不稳了。

这只是演戏，这是为了让现场活跃气氛罢了，又怎么可能……是真的呢。难道她是在嫉妒吗？

我想，如果你有那么一点点喜欢我，就一点点，我也会有勇气去争取。可是，我也不知道怎么去分辨，生怕我以为的表示，或许也只是自己的自作多情。这样的自己，就会显得那么的渺小而力不从心。

可是怎么办，现在的牛牛，她一点儿都看不懂。等了那么久那么久，结果等来的也不过是这样一场结局吗？

“男主角长得好帅哦，据说眼睫毛长得要死！”

“我听说本来是没有这场戏的，但是现在临时加入了这场戏也不知道代表着什么。”

“难道女主角和男主角有点儿暧昧？”

站在大门口的陈韵儿听到几个人的对话，还看到她们笑作一团的表情，心里突然来了一股厌恶。这些人，难道都是这样爱讨论别人的隐私吗？不，不对！不管去哪里，这样的人都是存在的，也许只是她以前没有注意过罢了。

陈韵儿转过身，对凤鸾说：“走吧，我不想看了。”

凤鸾眨了眨眼睛，走到陈韵儿的身旁，一把牵起她的手，道：“明天是六十周年庆的第二天，学校是允许学生到C市去玩的，我带你去玩好不好？”

陈韵儿没有点头也没摇头，只是咽了咽口水。

真是奇怪，喉咙上那堵塞的感觉为什么还在，是她生病了吗？

刚刚有那么一瞬间呼吸不通畅，就像是窒息了一样，这是为什么？

难道其实自己对那个人的感情已经这样深了吗？

“小韵小韵，你在听我说话吗？”凤鸾一手拿着坛子，另外一只手在陈韵儿的面前晃动了几下，看来苏璃洛对她的打击很大啊。

“嗯？什么？”陈韵儿回过神，茫然地看着凤鸾。

凤鸾很难得地嘟起嘴吧，故意装得很可爱的样子：“小韵不认真听我说话，我生气了哦。”

“别装了，丑死了。”陈韵儿笑道。

见到陈韵儿终于露出笑脸，凤鸾也就放下心来：“小韵很讨厌啊，这是为了谁这么做的，你这个没心没肺的东西。”

这个说话的语气很像牛牛呢……

陈韵儿叹了一口气，她知道凤鸾是为了逗她开心才这么做的，如果现在再表现得一脸不开心的样子，那对凤鸾来说也是一种负担。因为不想给别人带来困扰，不想让别人为自己的事而烦恼，所以即使是自己难过，也不能让别人伤心啊。

“好啦，不要撒娇，明天我和你一起去玩。”陈韵儿勾住凤鸾的手臂，狠狠地撞了一下他，以表示自己真的没事。

“真的吗，那我们明天去哪里？游乐场所、购物商城还是去小吃街呢？”凤鸾显然很兴奋，兴许是从来没有跟别的女孩子去过这种地方吧。

陈韵儿见凤鸾笑得像个孩子，就点点头：“那就去小吃街吧，好久没吃过那种东西了。”

“好啊，我也想尝尝当平民的感觉。以前家里人都不允许我到外面小吃街吃东西的，家里都准备好了一切。我们家也算得上是有钱人吧哈哈。”凤鸾说起自己家的时候总是带点羞涩，可能是跟家庭教育有关吧。

跟凤鸾谈话总感觉之前的难过也都随着这一刻烟消云散。也是，自己开心也是一天，不开心也是一天，又何必勉强自己不开心呢？

“我知道哪家店的牛蛙仔最好吃，还有手抓饼之类的，我都知道哪家店的最出名！你肯定没有吃过，小吃街的小吃可比学校的饭菜要好吃百倍呢！”

陈韵儿开始细细地清点小吃的美味之处，夸张的动作引得凤鸾一阵阵地笑。

“那好，明天记得带我去哦。”

夜晚不期而来，整个小岛传来了华尔兹的乐曲，陈韵儿匆匆忙忙地赶到了舞会现场。现在这个时间段是需要全校师生都要在场的，据说是有关于学校的某些决定需要发布。因为陈韵儿是第一年进入嘉川学院，所以有些规则她一点也不晓得。

因此，她差点儿迟到了。

还好刚进入舞会现场的时候，全场的师生包括商业龙头以及政府机关都在谈论着他们自己的事，也不算是正式开场。

“很高兴大家能参加我校六十周年庆活动，在这里我们的活动也进入尾声，在此进入我们最后一项活动，宣布嘉川学院的决定。”嘉川学院众多股东之中派了一个代表上台演说，“由于我们的清水理事长一直久病不愈，医生说需要多加休息，我们也只好听从医生的嘱咐。不过学院还是要有秩序地维持下去，所以我们几个股东商量之下，欲选出一个学生做代理理事长。当然这个身份不是给学生真正理事长的位置，而是做一个活动总监。每年嘉川学院的活动过多，我希望这位同学能做好自己的本职工作。”

股东之所以说清水在医院，是怕学生趁机钻空闹事情出来吧？不过也好，只有几个人知道清水理事长消失的事，知道的人不必太多，不然容易添乱。

“经由我们股东投票选择，根据少数服从多数的原则，是高二C班的杨沫沁同学。相信很多人都知道杨沫沁的家族背景，双亲都是政治学家，我想在这方面有天赋的，莫过于杨沫沁了吧？”

杨沫沁，居然是她？不过在跟她平日相处之下，陈韵儿只觉得这个女生挺可爱的，会把自己的菜端来给她吃，并且不嫌弃她的身份，还能一如既往地做朋友。是个不错的选择！

陈韵儿在派对上拿了一块蛋糕，正想放到自己的嘴巴里，却骤然看到苏璃洛和若兮一并从她眼前走了过去。心恍然间一抖，竟然把蛋糕掉到了地上。本来陈韵儿是不会这样的，但是她清楚地看到苏璃洛的手牵着若兮。

如果说今天中午的事情是为了话剧，那晚上的派对上呢，也是为了面对观众吗？陈韵儿有一丝窒息，不接她的电话，失踪了多天，原来是跟若兮在一起了吗？为什么不跟她说呢，她又不是不能体谅，又不会死缠烂打！

为什么要瞒着她呢？

“有请我们的杨沫沁同学到台上来发表感言。”股东把麦克风递给杨沫沁，顺道把自己的位子给腾出来。

杨沫沁接到麦克风脸上，欣喜非常：“大家好，我是高二C班的杨沫沁，很高兴能得到学校的器重担任活动总监这一职务，在担任期间我会以学校的荣誉为先，做好每一件事情。”

这样的介绍也是流程之一，杨沫沁简单地做完介绍后，就要一个个向政府机关人员以及商业龙头去敬酒。这也是流程之一。

当然，陈韵儿压根就没看到这些，她看的不过是若兮和苏璃洛的手依旧紧紧地牵在一起。到底哪里出了问题，为什么牛牛会跟若兮在一起？

可是之前的关怀又算什么，之前对待她又是什么？

陈韵儿眨了眨眼睛，一瞬间以为自己有眼泪要掉下来，但是用手摸了脸颊之后，才发现脸上干干的，什么都没有。她咬紧了牙关，深深地吸了一口气后，转身离开了。

但是，始终有一道目光跟随着陈韵儿的身影。凤鸾叹了一口气，又是为了苏璃洛的事吗。他搔了搔头发，很无可奈何地一拳打在墙壁上。

阳光还没照射进来，陈韵儿的寝室就被人敲开，凤鸾没有准备任何东西就坐在沙发上打算去C市了。

“喂，凤鸾，你准备好了吗？”

“我准备好了呀！”凤鸾跷着二郎腿懒散着身子躺在沙发上。

“这些你拿着，别弄丢了。”陈韵儿将一个布袋递给凤鸾，嘱咐了两句之后又去准备别的了。

凤鸾打开布袋一看，里面是一些矿泉水、纸巾、晕船药等。真是个细心的人呢，只是出去玩就想得这么周到，换成别人可能没有这样的想法了吧。

凤鸾呵呵地笑了起来：“海上的风很大，多穿点衣服哦。”

“好了，我们走吧。”陈韵儿拎上包包，转身跑到凤鸾面前，冲他笑了笑，就挽上了他的胳膊。

凤鸾似乎有些震惊，今天小韵对待他的态度倒像是来了一个急速转弯，之前还有点拘束，但是现在，凤鸾知道，那个东西已经不存在了。

“大轮船的定点出发时间快到啦，赶紧准备！”凤鸾快步迈向码头。

“咦？那我要加快速度！”陈韵儿一路小跑兴奋地回望着凤鸾。

对，就是现在这样。即使没有苏璃洛，她也一样很开心。

学院的定点轮船为了方便接送学生，而设计的椅子和桌子足够几百人上座，算是一艘不小的交通工具。

凤鸾所说的游轮甚是豪华，有上下两层不说，中间还有一个游泳池，设立了一个舞厅，花费巨大。

“哇，原来游轮是这样的吗？好大！”陈韵儿站在甲板上看着一望无际的海洋，内心无限广阔。

凤鸾笑着从船舱内拿了果盘出来，里面都装满了水果：“以前我不开心的时候，都会站在甲板上朝着大海喊出来。喊完后感觉全身都轻松了，把束缚给了大海，自己就没了烦恼。”

“真的吗？”陈韵儿的眼角泛着光辉，有那么一丝被牵动了。

“当然啦，小韵也可以试试，或许心中就没那么压抑了。就像我以前一样，把不开心的全部吼出来。”凤鸾坐在甲板上，微微眯着眼睛对视着阳光。

蔚蓝的海洋随着微风泛起一阵阵涟漪，阳光下就像是一片片鱼鳞一样。陈韵儿站在甲板上深深地吸了一口气，如果真的能发泄出来，如果真的能忘记以前发生的一切，那么她希望——

“喂——大海，你听见了吗——”陈韵儿用尽了所有的力气去喊，“我希望凤鸾的每一天都是开心的，周围的每一个人都过得健健康康，这是我最大的心愿，你一定要帮我实现啊——”

坐在甲板上的凤鸾微微扬起了嘴角，小韵还是这么喜欢替人着想，自己的事情却是忘得一干二净。本来是想用这个方法打开她的心结，结果……罢了罢了，又不是第一天认识陈韵儿，她最大的特色不就是只看到别人，却看不到自己吗？

“大海会听见的，如果真的很用心的话，它一定会帮你实现的。”凤鸾看着荡漾开去的海水，“毕竟每一片海洋上都住着一个神呢。”

他那深藏了多年的秘密也只在大海中倾诉。因为他始终相信，海中有神，会帮他完成心愿。五年前他最失意最落寞的时候，曾经想一度了结了自己，可是看到了这片深得不可预测的海洋时，他犹豫了。

所以他今天能在这里，是托了海洋的福。大自然是伟大的，他现在深深崇拜着这片大海。

“小韵，过来吃点水果吧。”凤鸾出声，并招了招手让陈韵儿过来。

果盘里放了一些车厘子、山竹、橙子、荔枝、猕猴桃等水果，都是去了果皮之后放在里面的。

凤鸾知道陈韵儿平常就只吃苹果，他想多给陈韵儿尝尝别的水果的味道。毕竟每种水果补充的营养是不同的。

这些东西都是他亲力亲为的，看到小韵把这些水果放到口中，凤鸾就不自觉地嘴巴上扬。

“嗯，好吃！”陈韵儿尝了一个车厘子，虽然这车厘子跟樱桃长得差不多，但是味道却是天壤之别呢！怪甜的！

凤鸾轻笑道：“好吃就多吃点儿吧，不够的话里面还有。”

“不，不用了，这些吃不完的。”陈韵儿嘴里塞满了车厘子，笑得很是可爱。

凤鸾呵呵一笑，便闭上了眼睛。

他想得到得更多，心里浮动就越大，之前还能控制得很好的感情，居然在不知不觉间无法控制了。昨晚看到小韵那么在乎苏璃洛，心里就像打翻了陈坛老醋，自己都能闻到酸味。

“啊，凤鸾，我看到岸边了！”陈韵儿蹦蹦跳跳地指着对面，眼中流露出来的高兴倒是十分真切。

凤鸾站起身，朝着陈韵儿指着的方向看了过去。确实，C市的码头到了。可是为什么每次和她相处的时间总是那么短暂呢？总是感觉一瞬间的事，是他太过在乎了吗。

“凤鸾，你还在上面想什么呢！”陈韵儿在码头笑着蹦蹦跳跳，很开心的样子。

凤鸾莞尔一笑，从豪华游轮上走了下来。走到陈韵儿身边的时候，很自然地牵起了她的手，在街市上明目张胆的，一点儿都不惧怕的样子。

陈韵儿似乎一点都不介意，还在人来人往的街市上甩动着两人牵在一起的手。

C市的人都很新奇地看着游轮。而从游轮上下来的两个人自然受人瞩目，毕竟这么豪华的游轮也没多少人能买得起，不过眼前的这两个人为什么看上去还是很年轻的样子，这么年轻就能买得起豪华游轮吗？

众人带着疑惑的态度，不停地瞧着凤鸾和陈韵儿。

“怎么样，受人瞩目的时候到了，有没有感觉自己像当明星的感觉？”凤鸾俯下身子在陈韵儿的耳边说，但是他的口气明显带着笑的味道。可恶，竟然是在嘲笑她！

“我才不要当明星呢，太受瞩目都没自己的隐私。最最喜欢的还是平民。”陈韵儿举着手欢笑着回答。

如果一辈子是平民，她也会很开心的。没有拘束，不用担心被人害。不过那只是如果罢了，现在的生活也容不得她继续生活在C市。

凤鸾乐呵呵地笑了一下之后，就随着陈韵儿去了小吃街。

整条小吃街的名字很独特，叫“幸运一条街”，据说每天都有活动。每张消费单上都有一个号码，运气好的人就能中奖，或许是头等大奖也说不准。至于奖品是什么，因为每天的奖品都在变，到底是什么谁也说不清楚。

“幸运一条街”还是一如既往的热闹，即使是白天也很热闹，人来人往，车流量也大。陈韵儿总是被凤鸾护在怀里，保护得很周全。

“不用护着我，天气也冷了，就是要在人挤人的环境中买到小吃才有味道嘛！”陈韵儿笑嘻嘻地离开凤鸾的怀里，“对了，这里人这么多，凤鸾要小心偷儿。毕竟C市是个鱼龙混杂的城市。”

凤鸾微微一笑，这个丫头竟然在关心他了。不过，这也是个好的开始不是吗？淡然一笑之后，凤鸾迈开脚步跟在陈韵儿的背后。

总感觉幸福在近了啊。

“老板，我要一串肉丸，还有豆腐串，放一点点辣椒和胡椒粉。”陈韵儿在小吃摊前面点了这个又点了那个，开心的样子很是可爱。

凤鸾走了过去：“老板，我要跟她一样的。”

刚说完，那个老板就抬头看了看他们，继而意味深长地笑了起来。

“你们是从嘉川学院过来的吧？”老板递上肉丸，顺便翻了一下正在煎的豆腐。

陈韵儿很新奇："老板怎么知道？"

"这一带的学生的校服都不是你们这样的，况且你们的身上透露着跟他们不一样的气息。"老板很憨厚，热情地多放了几块豆腐。

陈韵儿偷偷一笑，嘴馋地想要去捞一块上来吃，却被凤鸾轻轻地打了一下手："笨蛋，你还想要手吗？上面可是正在沸腾的油啊！"

听到凤鸾的责骂，陈韵儿不好意思地搔了搔头，干笑地说："好嘛好嘛，是我的错。老板能快点儿吗，我都馋死了！"

小摊的老板嘿嘿一笑道："快好了。这个人是你男朋友吗，长得很帅哦！他这么关心你，可不要辜负他了啊！"

陈韵儿一听，顿时脸红了起来。

老板居然说她跟凤鸾是一对……

虽然事实上不是，但是她心里竟然没有抵抗。

"老板你真有眼光，她可是我瞧了好久的女朋友，我都想了好几个月想追她了，但到现在都没追成。"凤鸾拿起煎豆腐装在盒子里，并对小摊老板笑了笑。

刚刚凤鸾所说的话，无疑在告诉老板他们不是男女朋友。内心稍稍有点失落，可是很快就振作起来了，因为事实上他们的确不是男女朋友，又何必在意别人怎么说呢。她该在意的，不应该是苏璃洛吗？

想到苏璃洛，陈韵儿内心又一阵绞痛。

即使再怎么样装得漠不关心，再怎么去掩盖，可是这已经是个事实，已经深深地刻在内心了。她只是不想让凤鸾担心，所以才装作很开心的样子。

陈韵儿从凤鸾手中接过煎豆腐，轻轻地咬了一口，笑着说："嗯，凤鸾，味道还是跟以前一样！"

听到陈韵儿这样说，凤鸾也咬了一口煎豆腐。

一开始他还以为这种东西会很难吃，想装作很好吃的样子，结果咬下去之后才知道，这个豆腐外焦里嫩，加上辣椒和胡椒粉的作用，味道更加鲜美了。

"的确不错呢！"

凤鸾三下五除二地就扫干净了盒子上的豆腐，等陈韵儿吃完想要去拿的时候，才发现没有了。陈韵儿呆了呆后，立刻笑了起来。

这个老师看样子真的没有吃过这么普通的东西，竟然这么快就把煎豆腐给吃完了，真是好可爱！

"小韵你笑什么，你还想吃的话我再去买。"

凤鸾以为陈韵儿是笑他把煎豆腐吃完了，正想回头再去买呢，却被陈韵儿拉住了衣袖。

"凤鸾你真可爱，不用去买豆腐了，我们现在去吃牛蛙仔吧，这个比煎豆腐还要好吃。"

说罢，陈韵儿就拉着凤鸾走进了一家叫"蜀山客"的饭馆。"蜀山客"是一家以麻辣出名的饭馆，主要经营香辣蟹、香辣虾、牛蛙仔，这几个菜在这家饭馆是常常被提到的，也是点餐点得最多的几个。

可能是跟厨师的独家秘方有关。这家饭馆的厨师据说家里的几个祖先都是宫廷御膳房的杂役，因为一次宫变的情况下，从宫里逃了出来。因为经常看御膳房的厨师给皇帝做菜，久而久之就自己也会了。这几道菜，也是当时流传下来的。

“小韵，现在都还没到吃午饭的时间，为什么要来饭馆？”凤鸾抬头看了看“蜀山客”的招牌，是个比较旧的牌匾。里面都是古色古香的木质桌椅，连上面挂着的壁灯都像是莲花绽放一般。看来这个老板的风味真是独特。

“有的时候吃东西并不是真的饿了，对不对？这里就是我以前打工的地方。虽然我只是个洗碗端菜的，但是主厨对我很好，还送了一本菜谱给我。”陈韵儿熟门熟路地介绍，随即拿了菜单点道，“我要一个牛蛙仔、香辣蟹、麻婆豆腐、炒菜心，还有一个西红柿蛋花汤。”

“蜀山客”的服务员似乎跟陈韵儿很熟，挤眉弄眼的，看样子她们又误会了。

“我喊主厨亲自给你做这几道菜。小韵，你走了一个多月才回来，都不知道主厨有多想你。”其中一个服务员看了看陈韵儿，又看了看凤鸾，笑得暧昧不清。

凤鸾一听主厨很想小韵，淡淡地笑了笑，因为他知道，这是小韵的平民生活，他又何必参与呢？

“是吗，我就知道师父很想我。”陈韵儿笑得开心极了，“等会儿师父工作完我要去看看她。”

那个服务员对着凤鸾挤了挤眼睛，似乎正在暗示什么似的。

“哦，小米是问我凤鸾的事吗？他是我的班主任，凤鸾。”陈韵儿大方地介绍，让人看上去很正常，没有存在着什么暧昧。

“哼，我还以为是男朋友呢。真扫兴。”小米撇撇嘴巴，转身去厨房帮忙了。

陈韵儿乐呵呵地笑着：“小米就是这样的，看到帅哥眼睛都会发直的。不要在意。”

刚刚陈韵儿介绍称是她的班主任，也对，他本来就是陈韵儿的班主任……除了这个身份，他们好像没有别的什么关系了。凤鸾自嘲地笑了一下。

“小韵，我……”凤鸾开口，正想说什么，却被人打断了。

“菜来了，牛蛙仔、香辣蟹、麻婆豆腐、炒菜心还有一个西红柿蛋花汤。看下菜对吗？”小米拿了一个大托盘顶在肩膀下，然后让别人一盆盆从上面搬下来。

“谢谢小米。”陈韵儿道谢后，马上拿起筷子就夹菜吃了起来，看样子是太久没吃到“蜀山客”的菜，有点儿想念吧。

“凤鸾尝下香辣蟹，味道够劲辣！”陈韵儿夹了一块螃蟹放到凤鸾的碗中，“对了，凤鸾刚刚是不是要对我说什么？”

凤鸾干笑道：“没有，我只是想问你下午要不要去游乐场。”

“好啊。”陈韵儿微笑着答应。

刚刚差一点儿，就差一点儿就问出口了。可是自己还是那么胆小，不敢再次提起勇气去问，生怕得到的是拒绝的答案。他怕再一次被伤害啊。

“好辣！”凤鸾尝了一口陈韵儿夹来的螃蟹，一瞬间辣到眼眶中全是眼泪。

陈韵儿见此一直乐呵呵地笑，没想到凤鸾这样一个严肃的人，碰到辣椒之后就变得楚楚可怜起来。

不行了，她要笑岔气了。

“你还笑，这些东西全部由你解决，我只吃青菜和喝汤。”凤鸾生气地瞪着陈韵儿，喝了一大杯水后才可怜兮兮地夹了一根青菜放入口中。

陈韵儿睁大双眼：“这怎么可以，我来‘蜀山客’本来就是让你来吃这边的特色菜，凤鸾你怎么可以不吃？”

“可是这么辣……我怕辣。”凤鸾看着一锅锅红彤彤的辣椒油，起了一身的鸡皮疙瘩。

陈韵儿偷笑，继续装作很生气的样子：“那怎么办，我一个人可吃不光这些东西，浪费粮食可是会遭天谴的。”

凤鸾泪汪汪地看了陈韵儿好一会儿，随即慢吞吞地拿起筷子夹了几块牛蛙放到自己的碗里，死死地盯着布满辣油的牛蛙，之后闭了闭眼睛，深深地吸了一口气，视死如归一样把牛蛙塞进了自己的嘴巴，嚼也没嚼就咽了下去。

“喂，你这人怎么回事，牛蛙上面有骨头，你也不吐出来就咽下去了。卡住了怎么办，我还要给你喊120呢！”陈韵儿皱了皱眉头，真想一巴掌把凤鸾拍到墙壁里去，居然在吃辣的方面这么无能，继而喊了小米倒了一杯水给凤鸾，好让他缓缓。

凤鸾继续瞪着依旧泪汪汪的眼睛：“还不是你让我吃的，你明知道我不能吃辣的，干什么要这样欺负我？”

完了完了，这个班主任真的是双面人啊，明明平常一脸严肃的样子，现在居然这么可爱！

小米从柜台走过来，手里端了一盘鱼，说道：“主厨看到你的老师不能吃辣，专门送了一条清蒸鱼给你们，不算钱的。还有，这是你们今天的消费单。”

陈韵儿一听鱼是主厨送的，开心得不得了：“是吗，那师父怎么不出来？”

“当然啦，主厨现在还在忙着做菜，估计今天都出不来了吧。这几天的人流量都特别大，生意也挺忙的。”小米甩了甩手，道明原因。

听此，陈韵儿脸都垮了下来。这家“蜀山客”是主厨开的，承蒙不弃，主厨愿意教她一些厨艺，而这些厨艺也得以在嘉川学院发展。算是陈韵儿的恩师，但她现今难得来了一趟，却没办法见到主厨，真是想想也心酸了。

突然，陈韵儿的脑袋上覆上一只大手：“等会儿去后厨看看师父吧。”

“真的吗？”陈韵儿眼睛泛着光，她是真的想要看看师父，毕竟那么多年的关照也是不容易的。

凤鸾笑，这个丫头倒是挺容易满足的。那么小小的一个请求，就已经开心成这样了。

忽然间，他内心有种冲动，想要把她永远留在自己身边。可是，那又怎么可能呢，只要涉及苏璃洛，她表现出来的可不是这样的啊。

那么，只能一点一点地把苏璃洛这三个字从小韵的脑海中拔去，这样她就不会想太多了。

“哇！中奖了，凤鸾中奖了！”陈韵儿拿着一块钱的硬币刮开了消费单上的中奖区，高兴之余竟然把一块钱都丢掉了。

凤鸾低头一看，中奖区赫然写着：特等奖。不知道这特等奖要到哪里去领呢，不过也真好运，第一次来“幸运一条街”逛街，就得到了特等奖的待遇。

不过这些东西显然对于凤鸾来说，也不过是小意思，一切只要陈韵儿开心就好。

“我们先去主厨那里，然后再去领奖，可好？”凤鸾笑得很温暖，左眼上的疤痕都瞬间柔美了起来。

“嗯！”陈韵儿重重地点了点头，随即把消费单放到了口袋里。

凤鸾结了账单，牵了陈韵儿的手跟着小米走到后厨。厨房还是一如既往的整洁，因为主厨是个有洁癖的人，不喜欢东西乱放，平常人进出厨房的话也最好不要动里面的东西。不然的话主厨是要发火的，本身主厨是个很温和的人，可是碰到厨房上的事就变得有点儿不一样了。

“师父，我来看你了。”陈韵儿走进厨房，看到厨房里传来一股香味，就知道师父正在炒菜。

凤鸾皱着眉头，闻了闻空气中的味道：“平常你师父都是这样做菜的吗？”烟味有点儿大啊。

“是的，师父不喜欢别人进厨房，但是做的菜肯定很好吃。”陈韵儿笑着走进了正在炒菜的地方，“师父，我来了。”

眼前的确站着一个女人在炒菜，穿着鲜艳的红色衣服，围着围裙，炒菜的样子倒是一丝不苟。

“小韵来了啊。”穿着红色衣服的主厨转过身，微笑着看着陈韵儿。

一直以为主厨是个有点儿年纪的女人，但一转身后才发现她很年轻，绝对不会超过30岁的样子。不过不知道为什么，凤鸾看到她心里总是有一点不舒服，心里惴惴不安，感觉似乎会出点儿事。

“师父，好久不见了。”陈韵儿抱住主厨，蹭了几下之后才放开。

主厨笑着摸了摸陈韵儿的头：“听说你去嘉川学院读书了，那边还好吗？”

“好，嘉川学院很不错，都对我也很好，学校也很美。师父你就放心吧！”陈韵儿含着泪说着，把那些受到欺负的事一一略掉了。因为不想让师父担心，自己一个人能扛过来的，为什么要告诉别人。

“是吗，那就好。我都等你好久了。”主厨笑着欲要握住陈韵儿的手，却被凤鸾一把牵过来，“小韵，你站在我旁边就好。”

陈韵儿奇怪：“怎么了凤鸾？”

凤鸾犹豫了一会儿，蹲下身在陈韵儿耳边说道：“你师父被附身了，那个人可能是妖。”

妖？陈韵儿深深地吸了一口气。

不会吧？这可是她认识了好几年的师父啊。教她做菜，赠她食谱的师父啊！怎么会被妖怪附身……

“可能是妖怪闻到你的味道了，所以千方百计接近你吧。”凤鸾似乎看透了陈韵儿的内心想法，解释道。

她的味道？她有什么味道？在过往的十几年根本没有遇到过什么妖怪，可是凤鸾又是除妖师，无缘无故地为什么要骗她呢？

“看到她的指甲了没，我刚刚关注了下。她的指甲是红色的，其实指甲油只是为了掩盖她原本指甲的颜色。如果没猜错的话，她的指甲应该是紫色的吧。”凤鸾看着正站在眼前的主厨，“紫色的指甲一旦嵌到你的皮肤里，小韵就死无葬身之地了哦。”

怎么会……难道主厨刚才过去就是为了将指甲上的毒染到她的体内吗？想到这里陈韵儿身体冰凉，全身力气就像被什么东西抽干了似的。

“小韵，你们在讨论什么呢？”主厨依旧微笑，可这笑在陈韵儿看起来竟然变得有点儿诡异了！

陈韵儿退了一步，再也笑不出来。因为她看到主厨的背脊上蓦地伸出了好几只肥硕的触角，正在半空中晃悠。没过多久就看到主厨的身体也逐渐变得肥大，“咯吱咯吱”地响过后就撑破了衣衫。陈韵儿这才看清在主厨身上真正附体的竟然是一只类似扩大了数百倍的章鱼！妖怪有着红色的眼睛，越长越肥大的触角看着就恶心，而且上面还带有黏糊糊的液体。

“小心，这只妖怪很大型，看来是百年老妖了。另外，千万别碰到它身体上的液体，不然的话会酸化的。”凤鸾将陈韵儿护在身后，不让其触碰到妖怪。

什么，碰到就会酸化？这跟硫酸差不多的性质吗？陈韵儿望了望还在不断变大的妖怪，眼看着整个厨房都要倾塌，恐怕到时候要引来警察的瞩目了。

“此间土地神之最灵升天达地出幽入冥，为吾关奏不得留停有功之日名书上清！”凤鸾快速地从怀中拿出一张符纸，念上咒语就抛了出去。

因为现在处于厨房，他只能念土地神咒这类低等的咒语。看样子要把妖怪引到外面去，不然的话是无法杀死妖怪的。但是如果到外面去的话，必定会引起C市人民的惊慌，估计上报纸头条都指日可待了。

凤鸾看了看躲在自己身后的陈韵儿，算了，他也管不了那么多。到外面去吧，只要那个法术生效的话，眼前的一切都不是什么困难的事。只是那个术施用了以后，对身体是个极大的伤害啊。

“小韵，你先出去把这些符咒贴到外面，我想把这个妖怪引出去。不然是杀不死它的。”凤鸾将一大沓符咒交给陈韵儿，自己又从怀中掏出一个图案不一样的符咒。

陈韵儿皱眉：“那你怎么办？”

“不用担心我，我只是把妖怪给引出去啊，又不是要死在这里。”凤鸾笑着将陈韵儿推出了厨房，随即自己拿着的符纸也快速地飞到了妖怪的眼睛上。

符纸暂时定住了妖怪的行动，陈韵儿跑到外面飞速地贴起了符纸。

“喂喂喂，你们这是要干什么？”小米觉得奇怪，但因为陈韵儿的缘故也不好阻止，就回到了厨房去喊主厨。谁知刚走到厨房看到这么大一只妖怪竟然给吓昏了过去。

不出一刻时间，符纸已经在“蜀山客”里里外外全部贴满了。陈韵儿累得满头大汗，她迅速地驱赶走“蜀山客”的顾客，继而关上大门，还搬了好几把凳子抵在门前。

“茫茫酆都中重重金刚山，灵宝无量光洞照炎池烦。九幽诸罪魂身随香云旛，定慧青莲花上生神永安！”凤鸾念着咒语，不一会儿整个“蜀山客”的一切都安静不已，就连平常在动的大钟都没了声响！

陈韵儿抬头，果然，时间停止了。

不知道是不是凤鸾在里面施的咒语到了时间，妖怪肥硕的触角从厨房伸了出来，直直击向凤鸾！

凤鸾将一旁的桌椅全部都踢向了妖怪。

它好像很痛，收起了触角，接着整个身体从厨房钻了出来，眼睛上的符咒已经快被扯得没有了。

这个妖怪也真厉害，竟然能自己冲破符咒！

“小韵，你怎么不过来呢……”主厨的声音从妖怪的身体里传了出来，“小韵，你快过来啊。”

凤鸾一手拦在陈韵儿面前：“别去，我来对付就可以了。照顾好‘蜀山客’的店员，我保证不伤害主厨，只是让妖怪从她体内出来。”

妖怪的触角还在不停地挥动，也不知道是哪里传来的声音：“小韵，你快过来啊……我是你师父……”

陈韵儿抬头看了看硕大的妖怪，继而侧头对凤鸾说：“这里交给你了，我去处理别的。”

凤鸾微笑，做了做手势就示意让陈韵儿去做。因为对她的信任，所以即使不看她，也知道她将要做什么。其实保护自己，才是对他最大的帮助呢。

“飘浮于世间的灵魂、游走于人界的亡者，皆依循自然之理回归至死者之地。迷惘及困惑，憎恶与悲伤，将在光的道路上消失无形。”凤鸾念了几句咒语，迅速地将符纸扔出。

这道咒叫死灵归界，对于他而言是最不能用但在现在不得不用的咒。因为这个咒能迅速地解决掉妖怪，可他的身体承受能力如果不出三个月是恢复不过来的。若不是为了小韵，怕是到死他都不会运用这个咒。

“小韵，跟我走。”凤鸾拉住陈韵儿，也不看正在灰飞烟灭的妖怪，就迅速地跑离了“蜀山客”。

陈韵儿边跑边问：“为什么跑得那么急？小米她们还没醒呢。”

“我刚刚施的让时间停止的术，同样也会让她们忘记这段时间的记忆。如果我们现在不走，等她们醒来的话，她们的记忆就会出现混乱。再者，你师父那边没有事，妖怪消灭后，她自己会醒来，不需要担心。”凤鸾虽是假装镇定地在解释，其实他的另外一只手已经捂住了胸口，如果现在不走，凤鸾就会倒在那里。

所以说，法术的副作用还是太大了啊。

“现在去哪里？”

陈韵儿的刘海儿被风吹起，现在已经到了海边了，按照凤鸾的走向，是要回到豪华游轮上去吗？

“抱歉啊小韵，本来是要陪你去游乐园的，但是我的身体它不允许我这么做。现在我们先回嘉川学院，我要回去拿药，没能陪你去兑奖真是对不起。”凤鸾的脚步明显慢了许多，他很勉强地扶着栏杆走上游轮，下令开船后就再也站不住了。

“凤鸾，凤鸾你怎么了？”陈韵儿手足无措，竟然不知道该怎么办了。

不是很容易就消灭妖怪吗，为什么这么容易就受伤？

难道是不想让别人知道她的特殊吗？

说到底，原来还是在保护她吗？

她竟然时时刻刻被人保护着……

没有来得及去游乐场没关系，没有兑奖也没关系，这些都是小事啊！只要凤鸾能平安她就不会有所求了。

只是这么一点点要求而已啊……

“小韵，扶我走到游轮里的卧室去可以吗？”凤鸾的脸色苍白，像是很快就会晕倒的样子。

陈韵儿支撑起凤鸾，虽然很艰辛，但是也算是一步步勉强走进了卧室。

这次她没有心情看游轮的豪华，她在乎的只是凤鸾的性命，这个无时不在保护她的凤鸾。

幸亏出来的时候明智，带了一些药膏出来，看样子现在派上用场了。

陈韵儿拿出药膏，给凤鸾受伤的手臂涂抹了上去，以免伤口恶化。

“躺好，我去倒杯水。”陈韵儿将凤鸾放倒在床上，小心地盖上被子后就打算出去倒一杯水给他。

岂料凤鸾抓住了她的手臂：“别去，在这里陪我说说话，好不好？”

凤鸾的眼神中满是乞求。

奇怪，他为什么会用这种眼神看着她呢？难道只是乞求她留下来陪他说话？但是这不用乞求陈韵儿都会去做啊。

又或许，对于凤鸾来说，她能留下来是一种奢求吧。

“凤鸾想说什么呢？”

陈韵儿坐在凤鸾的床边，听着海边的浪声阵阵，心底竟然很平静，可能是她猜测凤鸾的想法吧，给她一种安慰。

“小韵啊……其实我，可以一直一直傻傻地看着你，能为你在危难的时候出来帮助你我已经很开心了。我不奢求什么……只希望你能开开心心的，像个傻瓜一样忘记所有不开心的事。包括苏璃洛对你的伤害，可不可以不要那么在意……如果小韵在意的话，我心里总是会很难过很难过。”凤鸾说这段话的时候，一直用苍白的脸色微笑着。

这样啊，原来她在意苏璃洛就会让凤鸾难过吗？

在最危难的时刻出现的总是凤鸾……

苏璃洛的伤害接着一波又一波，他什么时候曾真正在意过她的感受呢？和她之间的感情到底算什么？现在和若兮在一起又是算什么？什么都没有通知过她，其实她一直都是被苏璃洛耍得团团转吗？

而在这期间凤鸾的关心却是大大出乎了她的意料，曾经以为他只是一个严肃冷酷的班主任，为了帮助清水理事长而存在的一个除妖师。可是他的一次次帮助，让陈韵儿觉得凤鸾的存在才是真的关心她，真的在乎她。

但是为什么……即使是这样，她还是接受不了凤鸾呢。

其实早就知道凤鸾的心意了不是吗，可是为什么自己还是在抵触，接受不了呢。

难道心里有一个苏璃洛之后，就再也换不成别人了吗？

“凤鸾……对不起。”陈韵儿抬头，握住了他的手，眉目间的微笑已经表明她这辈子只能去喜欢一个人，即使那个人是坏人。

凤鸾垂下眼睑，过了良久之后又笑了起来：“小韵，我本来就没有在奢求什么，所以不用道歉的。”

因为没有奢求，所以不用道歉吗？

凤鸾你……太纵容我了啊！

陈韵儿拍了拍凤鸾的胸口，示意他睡觉，她也没有再说话。

A NOTEBOOK OF LOVE FOR THE ORIENTAL SAKURA COLLEGE

07 第七章

被移植了的记忆

豪华轮船到达嘉川学院的时候，已经是傍晚时分了，黄昏的夕阳映得整片大海一片黄晕。

游轮在靠岸之后，陈韵儿扶着凤鸾从轮船上下来，那个依靠在她身上的男人，估计也支撑不了多久了吧。

“原来你在这里啊。”

一个陌生又熟悉的声音从前方传来，陈韵儿抬起头，骤然看到了那个似乎消失了很久很久的少年。

心一抖，竟然不可抑制地疼痛起来。

终于来见她了吗?

苏璃洛站在岸边，琉璃色的眼眸带着淡漠：“走吧，清水回来了。”

为什么会如此冷漠?

为什么不说说这几天为什么联系不上他?

为什么不解释下他和若兮之间的关系?

苏璃洛你……到底有多少东西瞒着我?

陈韵儿笑道："现在你还以为你在我心里存在着与从前一样的地位吗，苏璃洛？"

苏璃洛皱了皱眉头，看样子似乎不知道陈韵儿在说什么。

他举起左手，陈韵儿赫然发现他的左手上多了一个类似于文身一样的花纹，图案很复杂，散发着银色的光辉。

这个花纹看样子瑰丽，却是个引人深思的东西。

在成为苏璃洛之前，作为牛牛的他脚踝一直所套用的一个铃环，而今看过去却也不见了。

这就是苏璃洛这几天的改变吗，果真和以前不一样了啊。

"陈韵儿，如果不是若兮让我来接你，你以为我会来吗？"苏璃洛眼眸微眯，银色的长发随着海风凌乱飘扬，他不知为何总是想说一些话激起面前这个女生的怒气。

"那你去找你的若兮吧，我和你没有任何关系，不需要你关心。"陈韵儿冷冷地撂下这句话就扶着凤鸾从苏璃洛的身边走了过去。

既然你的关心是若兮让你给的，那我就不需要。

我只是个脆弱不过的人类，会受伤会心疼。

你是唤灵师，如果你选择若兮，我就祝你幸福。即使我的心疼得滴血，那也和你无关。

"真的不要他的关心吗？"凤鸾的脑袋垂在陈韵儿的肩膀上，轻轻地咳嗽了两下。

陈韵儿眼眸看向前头，眼睛一眨也不眨，生怕眼睛一眨就会掉下眼泪来："不要他的施舍。我宁愿死在孤寂里，也不要他可怜。"

不想再去看苏璃洛一眼，陈韵儿很怕自己挪不开脚步离开。

牛牛……你原是我心中绽放的一朵不败蔷薇，只是……我们可能要如同我心中的那朵蔷薇一般缓缓凋零了吧。

陈韵儿扶着凤鸾慢慢地从苏璃洛的面前离开，陈韵儿每走一步都觉得自己的天塌陷了一分。

等陈韵儿将凤鸾送回宿舍时，天已经灰暗，宛如陈韵儿的心情一般有些沉重起来。

凤鸾看着陈韵儿有些神情恍惚的模样，忍不住叹了口气。

"我给你倒杯水，你躺一会儿。"陈韵儿有些慌张地从凤鸾的床边站起身来，她不想让他看出现在她有多么伤心。

倚靠在床沿上的人沉默了很久，不知道是不是因为说话浪费了许多力气的缘故，但是良久之后，凤鸾开口了："这个学校……说不出的诡异。我想小韵你也有感觉，若兮的改变，苏璃洛的态度，清水失踪后又回来，这几点我本来不想跟小韵说，毕竟想和小韵在一起的是我，但是看着小韵伤心，我觉得瞒着你才是对你的伤害。"

陈韵儿拿着水杯的手一抖："这话什么意思？"

"我瞒了你太多的事情了，抱歉小韵。我以为我可以改变，但是改变的终究是我。"凤鸾叹气，"凌若兮、苏璃洛和清水的连续性失踪根本不是一个偶然，他们估计卷入了某场阴谋里了吧，回来后都性格大大改变，我估计他们都被植入了不该有的记忆，这才导致了今天的局面。"

植入了不该有的记忆？

凤鸾的话是什么意思，虽然现在的状况她也知道很多东西都不能以正常的思维来解释，可是植入记忆这方面……太过虚无了吧。

“有一种唤灵师，叫堕落的唤灵师，因为自愿堕落，导致成为妖。这样的物体就有植入记忆的能力。”凤鸾轻轻说道，神色平淡，看样子这件事他已经研究了很久也很透彻了。

凤鸾会选择说，肯定是因为他觉得告诉陈韵儿是正确的选择。他不要看到陈韵儿再难过，即使曾经是有心想要独占小韵，但是看到小韵如今这样，他宁愿自己难过。

堕落的唤灵师与被批判的唤灵师……

陈韵儿表面上虽然没有什么惊讶的态度，但是心下已经想了千百回了。看来唤灵师和人类还是有一定相同的地方啊。

“按照凤鸾的意思，嘉川学院现今已经被人控制了。而操控者是利用植入记忆的方式，一点点改变周围学生的性情，从而达到控制整个学校的目的？”陈韵儿理了理思路，正确地把凤鸾表达的意思给消化掉了。

“如果我猜测得没错，清水的回来应该会带来转机。至于‘黑色月’的出现，是代表着那个想要操控学院的灵能者吸走一个人精气的表现。而血樱则是会让这所学校的大部分人受到催眠而被控制，苏璃洛和凌若兮手上的印记应该就是被控制的印记了。”凤鸾解释道。虽然看上去他的脸色极度苍白，可好在凤鸾还有力气说话，看样子应该没伤到心脾肺。

如果这些都被凤鸾所猜中了的话，那么嘉川学院现在的处境非常危险。

陈韵儿心下一紧，死死地抓住凤鸾的手臂。

她终于可以明白为什么若兮和她成了普通同学，和苏璃洛成了陌生人，自己被众多同学摒弃，以及不停遭受到各种攻击……

原来原因就只有一个吗，那就是——

有人想要得到嘉川学院！

会是各个股东吗？不想委屈自己比清水还低的岗位，想要执掌整个学院？

可是也不可能啊，他们都是商业界的龙头，照理来说应该是没有特殊能力的……

但是也可以是隐藏能力的……

不，不是他们。

陈韵儿的直觉告诉她一定是学院的学生，至于出于什么原因想要这样做，她就不清楚了。

现在嘉川学院笼罩在一片乌云之下，他们能做的就是拨开这片乌云让阳光充满这个学院。

刚刚在扶着凤鸾的时候，陈韵儿发现他的身体冰凉至极，就像才从冰窖里捞出来一样。

难道这就是能力消耗光的表现吗？

“小韵，我没事，不用给我倒水了。”凤鸾淡淡地笑了一下，“你先出去吧，我想休息一会儿，明天就会好的。”

“真的吗？”陈韵儿狐疑地看了一眼凤鸾，始终放心不下。

凤鸾抿了抿嘴唇轻笑道："当然啦，我都能说这么多话，怎么小韵还觉得我有事儿吗？"

陈韵儿打量了下凤鸾，后来又想想凤鸾是除妖师，有什么样的事情没经历过呢，于是就大胆放心地走到门口，对着凤鸾挥了挥手就出门了。

最近事情发生得太多，现在陈韵儿还有些理不清头绪。

整个事情似乎就是从她来了这个学校后发生的……

也许她是个不祥之身吧，总是会给别人带来许多许多的烦恼。先是让若兮担心她读书的事，之后又是穆晓冉失踪若兮失踪，随后清水也失踪了，现在凤鸾被她害成这样。她给嘉川学院带来了不少麻烦吧？

其实想过很多次要离开嘉川学院，可是每一次都是因为这边有太多舍不得的人，因此才停止迈出去的步伐的。如果这边的事能完美解决的话，她一定头也不回一下地立刻回到原来的生活。即使她再舍不得，那也是无可奈何的事啊。

陈韵儿抬头看了看这片全是哥特式风格的建筑物，从陌生到熟悉，仅仅几个月的时间，竟然有了翻天覆地的变化。原先想着怎么费尽心思去融入这个圈子，现在却是如何费尽心思不要忘记这个地方。

心里某个地方都变得柔软了呢。

陈韵儿深深地吸了一口气，既然已经下定决心了，那就努力向目标出发吧！

若兮和牛牛都被人植入了记忆，他们的共同点就是——是什么呢？陈韵儿皱眉，刚刚脑子中有一瞬间闪过一个东西，可是仔细想想，竟然想不起来了。

到底是什么呢……刚刚脑袋中是什么东西。突而灵光一闪，陈韵儿拍了拍脑门，对了，是图案！若兮和穆晓冉的手上印有梅花纹，苏璃洛的左手上也多了一个错综复杂的图案。虽然是不同的图案，但是那个东西同样来得诡异，应该就是被植入记忆的表现了吧？

可是为什么苏璃洛的图案和若兮她们的不一样呢？

陈韵儿抿着嘴唇走出了教师寝室楼，打算自己去见一见回来的清水。会不会回来的不是清水，只是一个被那个幕后人所操控的傀儡呢？不过，不管如何，不仅仅是为了这个学院，就单单为了若兮跟牛牛也一定要去弄清楚这一切！

他们太重要了呢。思及此，陈韵儿不禁笑出声来，终于觉得自己是一个能为自己所重视的一切做出一些贡献的人了。她想着想着，脚下的步伐也渐渐地加快了。

行政楼前的樱花凋零得很快，才刚刚进入12月份，就看到樱花树的叶子纷纷从半空中飘落下来。一路走去，就像铺上了一层叶子毯似的。陈韵儿转过弯，正想走进行政楼却迎面撞上了刚从行政楼出来的凌若兮。

“没事吧？”陈韵儿稳住自己，询问若兮的状况。

凌若兮抬头，皱了皱眉头：“陈韵儿？上次厨艺大比拼似乎是你赢的比赛吧，我也去看了比赛呢。”

若兮也去看了比赛？陈韵儿一惊，若是若兮在的话，那苏璃洛也应该在……难道牛牛一直在她看不到的角落看着她吗？牛牛不是被植入记忆了吗……居然还记得她？

“是吗，谢谢你还记得我。”陈韵儿迈近一步正想道谢，却看到若兮稍稍地退了一步。虽然若兮的面容没有丝毫改变，可是她知道，若兮这一步是代表着隔阂，她们已经没有以前那么亲密了，不可以再走这么近了呢。

不过……若兮，你等我。我一定，一定让你变回我的若兮，把一切一切都变回原状的。

凌若兮手上捧着书，笑得很淡：“陈韵儿，我听璃洛说过你。能从璃洛的口中听到夸奖之话的，也算是很难得了。至少我是从来没有听到过。”

陈韵儿抬头，骤然看到若兮的眼里多了一丝警戒的色彩。牛牛竟然在若兮的面前提到她了，刚刚若兮的话是在警告吗……可是牛牛已经被人植入了记忆啊，又怎么可能记得她呢。或许，她在牛牛的眼里也不过是个陌生人罢了。

若兮的那番话是在警告吗？原本的好心情似乎因为凌若兮的一句话瞬间烟消云散。陈韵儿微微抬起头，不让凌若兮看到即将落下的泪水。她的若兮啊……

紧紧地抓了抓外套的衣角，陈韵儿没有露出太多的情绪：“若兮多虑了，我跟苏璃洛也只是见了几次面而已，算不得深交。他会夸我，我也很吃惊呢。”说罢，她就侧身走进了行政楼。

到底是谁有那么大的本事，在若兮和牛牛的身上植入记忆？到底是谁？

如果那个人有那么大的本事，为什么不直截了当地冲着她来，而要改变她身边的人呢？

嘉川学院也不是她所能执掌的，如果对方的目的是学校的话，何必要处处针对她？

隐隐感觉每件事情都有一条无形的绳索串联在一起，可是现在陈韵儿找不到那条绳索。

所有问题的关键都集中在一个点上，如果能知道那个点是什么，抑或知道问题在哪里就很快能明白事情的起因经过结果了。

陈韵儿迈上螺旋式的楼梯，踩上意大利式的地毯，走到理事长办公室门前轻轻地敲了一下门。

“进来。”

陈韵儿推开门，走了进去。

办公室里的装饰一如既往，只是在窗台处多了一棵小松柏，青翠欲滴的样子看上去真是让人感觉到了年轻的时候。

“小韵，你来了啊。”伏在办公桌上的清水抬头，眉目间充满了笑容。

陈韵儿眨巴眨巴眼，心想，这家伙真的是清水吗？应该不是什么奇奇怪怪的妖怪假扮的吧……

“理事长，好久不见，身体好了吗？”陈韵儿拉了拉嘴角，尽量让自己笑得自然点，不要显得是在干笑。

“小韵在说什么呢，我是被人带走的这件事别人不知道，难道小韵也不知道吗？”窗外的风有点儿大，清水撩了撩红色发丝，站起身到窗前关了窗户。

而坐在沙发上的陈韵儿却是一怔，久久不语。到底该不该相信……这个人真的是清水？

陈韵儿缓了缓心神，故作惊讶地问道：“理事长不是一直久病在医院吗？”

清水回头，愣了一下，继而又笑道：“小韵在担心什么我终于知道了，怪不得我觉得你今天说话怪怪的。你是在怀疑我是假的对不对？”

陈韵儿沉默。她倒是从来没有想过清水会这么直接问她是不是假的这样的话，如果眼前的清水是真的话，那她的戒备清水应该懂得。但是如果是假的话，又为什么会说出这样的话来呢？

清水见陈韵儿不答话，就自顾自地说道：“放心吧，是那个人放我回来的，因为那个人知道我活不过明年3月了。”清水看向窗外，“我的寿命就像这棵松柏一样，逐渐地走向衰败。也不过是四个月的时间，她怎么可能会等不及呢？”

松柏？陈韵儿看过去，是那棵松柏吗？可是怎么会呢，清水现在看上去那么健康，为什么会死呢？何况，名叫“唤灵师的批判”的测试，不仅仅只是测试而已吗？她也做了测试，还说她是被批判的唤灵师，怎么可能……她现在什么都没被批判，而且她什么能力都没有，怎么会是唤灵师呢。

“小韵一直在揣摩我的死期吧？我知道你们看到了我的过去，我的年龄和身体完全不符合的原因你们也知道了吧？是丝冗的能力让我变成这样的，我曾经也是个灵力者，大家会这么说是因为有一次看到奄奄一息的凤鸾在我的帮助下活了过来。不过也仅仅只有这么一次罢了，在那次之后我的所有能力都消失了。”清水走到窗前，摆弄着松柏，讲的故事似乎不是她的。

“丝冗宁愿牺牲自己，让我活了那么久依旧保持着原来的样貌。可是他并没有告诉我，他给我的能力只能使用一次，啊，似乎是他没来得及告诉我吧。丝冗想用他仅有的能力来保护将来在生命垂危时的我，可是我却用这个能力救了凤鸾。当然凤鸾知道后很是内疚，说会报答救命之恩。我想要的并不是救命之恩，我连丝冗最后留给我的东西都没有了，当时真的抑郁了很久呢。”

陈韵儿吃惊，一点儿都没有想到清水还有这么一段。想必丝冗是爱极了清水才会这么做，在灰飞烟灭之前也要把最好的留给清水。

“这个能力消失后，我的寿命也回到了原来。本身我的寿命也不过70年不到，遇到丝冗的时候我只有17岁，在那之后已经过去了50年，今年我已经67岁了。我想是丝冗太过思念我了，所以才会让我犯这样的错误吧……”

清水在说这几段话的时候面上带着微笑，陈韵儿在那一刻居然深深地体会到了清水的心情。在爱人已经离开50年以后，一个人经历了各种各样的事情，也是看透了明白了，生存与死亡也不过是一念之间。

在这里，她竟然同清水一般能够感受那份深入骨髓的绝望之情。

“那理事长，你看到操纵者了没有？”陈韵儿一狠心，问了这个酝酿在她心中很久的问题。因为她始终相信，既然那个人会让她回来，必定有她的阴谋所在。

清水讶异地睁大了眼睛，但是一瞬间就恢复了原来的神态。原本以为要费很多心思让小韵相信她是真的清水，但是没想到只是说出了丝冗的事，她就不顾一切相信了。可以说她是单纯还是没心机呢？清水扯了一把松针，散落在窗外。

“如果我说，我从来没有看到过那个人，小韵你相信吗？”冷冷的风吹起了散落下去的松针，清水想要触及却发现又被吹走了。

如果说被人带走了那么多些天，却没有发现操纵者是谁，这个可能性微乎其微。但是不知道为什么，陈韵儿就是相信清水所说的话，也许是她开始讲丝冗的故事开始，就无条件地相信了吧。

“我信。”陈韵儿抬头看向清水，脸上是坚定的表情。也许相信就是这么简单的事，不过其中还是有许多疑点需要明白，“那理事长当时是怎么过去的呢？”

清水支了支额头，一副很苦恼的样子：“你问我这个问题我还真的不知道。当时一觉醒来就已经到了一个陌生的地方……那个地方真是噩梦呢。”

清水微微咬牙，似乎在回忆那段时间的事情，纤长的指尖死死地扣住手心上的肉。能让清水这样的，看来的确是一段不好的回忆啊。

陈韵儿没有接话，细细听着清水说下去：“本来想要通知你们不要过来这行政楼的，但是不知道出于什么原因，我话说了一半就没有了信号。在这个时候，我闻到了一股花香，让我想起丝冗身上的味道，于是我贪婪地吸取了一点又一点。随后，我就昏倒了。醒来后发现我还在办公室，当时太阳已经西下了，我起身打开门就想要出去。可是我……我见到了最最不能看的一幕——”

说到这里时，清水的语调明显轻了下来。她咬住嘴唇，眼睛死死地盯住一个地方，像是要看穿那个地方似的。

“我看到了丝冗，他在对我笑。一瞬间我身体里面的力气像被抽丝般一点点失去，等我无力地瘫坐在地上的时候，丝冗跑过来扶住了我。我到现在还是能感觉到他手心的温度，好像一伸手还能再抓住他一样。那一刻，我以为我的丝冗真的回来了。”

丝冗？陈韵儿一惊，丝冗不是灰飞烟灭了吗，怎么还会存在？理事长看到的不会是幻觉吧？

“丝冗的面貌还是如50年前一样，一点都没有改变啊。对啊，唤灵师怎么可能会改变容貌呢，那时候我就是这么想的，还暗暗骂自己是个白痴。我很开心地抱住丝冗，不留一丝空隙。可是，在抱住丝冗的那一刻，我看到我怀里的丝冗没有影子。这时，我全身都颤抖起来了。如果没有影子，除了不是人不是神不是妖怪，那就只有幻觉了。这个时候我才吃惊地发现自己被操纵者给利用了，对方创造了一个我最想念的人出来。明明……明明知道我最想念丝冗，但是眼前的丝冗竟然只是我的幻觉。”

清水边说边颤抖，瞳孔缩小到如针般大小。如果眼前朝思暮想的人是个幻觉，估计自己也会崩溃吧？何况丝冗对于理事长来说，是个不可替代的存在啊。

“当时的心情小韵你能理解吗？即使知道丝冗只是我想象出来的，我却也不肯放手，竟然想跟我幻想出来的丝冗就这样厮守一生。”清水蹲下身子双手抱住自己的肩膀，将头枕在手臂上，“于是就这样过了几天，我感觉这几天像是回到了50年前一样，丝冗离开后我从来没有这么开心过。但是我知道这样的日子总有一天会结束的，我早该预料到了的，凤鸾的能力消失时我感觉到了……”

“什么，凤鸾的能力消失了吗？”陈韵儿激动地从沙发上站起来。不是说会好好的吗，不是说没事吗，为什么能力会消失？到底还是为了救她把能力给消耗掉了嘛！

凤鸾他……终究还是付出了太多了啊。可是她却始终是无法回报他的深情。

清水抬头看了陈韵儿一眼，眼底里有悲伤：“是啊，那本来就是丝冗的能力。因此我的命和凤鸾的命息息相关，当凤鸾的能力消失的时候，我看到了丝冗的身子模糊了一下。我知道学院这边出了事情，最终还是下了一个最最绝望的决定——杀了丝冗！”

“杀了丝冗？为什么？”陈韵儿惊呆了，那个丝冗不是清水幻想出来的吗，为什么要杀掉他？

“小韵你知道破解幻觉的秘诀是什么吗？”清水火红色的头发被风吹得凌乱，衣衫摆动，她淡淡一笑，“人之所以会产生幻觉，是因为那些幻觉都是人本身的弱点。我的弱点是丝冗，如果我杀了我的弱点，那这个幻觉就被破除了啊。”

陈韵儿的眼睛一点点睁大，拿最锋利的剑杀死自己最亲爱的人，这样的滋味谁能真正体会？但是清水竟然做到了，这需要多大的勇气和决心！

“当我的剑刺透丝冗的心脏时，他的眼里充满了疑惑……以及悲伤。丝冗的表情告诉我，他并不知道发生了什么事。红色的血液染上白色的长衫，丝冗开始一点点透明直至不见。我想我这辈子都不会忘记，我也以为看到丝冗死去的日子只会在50年前的那一天，但是这天我亲手杀死我的丝冗。他如同一片白纸，轻得感觉不出重量，我想伸手去接住丝冗的身体，只是没想到的是一触到他就像泡泡一样碎了开去。最终还是什么都没有留给我，什么都没有呢。”

办公室内的书被风吹了开来，陈韵儿终于明白为什么清水的办公室里会有这么多的灵异漫画。因为她只能依靠灵异漫画上千奇百怪的故事，来证明丝冗曾真的在她身边过。毕竟丝冗是唤灵师，在这个信奉科学的年代，有谁会相信一个唤灵师为了一个人类付出了生命直至灰飞烟灭？

“本来这样的疼痛我这辈子都不想再经历第二遍，但是操纵者的目的似乎就是要这样把我杀于无形之中。小韵以为我是以什么样的心情走出办公室的，当我再次眨眼的时候，却发现眼前的一切都没有了。你能体会我当时的心情吗？”清水吸了吸鼻子，泛红的眼睛看向别处，最终还是忍住了。

陈韵儿沉默，她知道清水的心情是难以平复的。即使那个人是幻想出来的，可是清水却亲手把她所爱的人杀了。这样的心情谁能体会？

“我也只剩下不到四个月的生命了，这次回来完全是想要知道你跟凤鸾有无生命危险。若是没有，我想在这件事情解决后，去别的地方到处游历一下。”清水深吸了一口气，眨了眨眼睛笑道。

按照清水的意思，陈韵儿的直觉告诉她理事长知道幕后操纵者是谁，但是由于各种原因，她决定不再追究，所以才会打算去到处游历。清水不在意这件事可以，不过事关若兮和牛牛，还有一个无故受牵连的凤鸾，若是事情就这样不了了之，那她今天来这里的目的不就泡汤了吗？

“理事长你是不是已经知道谁是操纵者了？”陈韵儿向前一步紧跟上清水问道。

清水回头，叹了口气：“我只是猜测，还不能肯定。我没看到过那个人的面容，唯一能感觉到的是那个人的气息和丝冗的很接近。估计不是唤灵师，也该是堕落的唤灵师。而且……应当是丝冗的未婚妻，但是她伪装成学校里的哪一个学生就不在我能知道的能力范围之内了。大概……她真的想置我于死地吧。”

不是唤灵师，就是堕落的唤灵师吗……为什么不是被批判的唤灵师，啊对了，像牛牛这样的被批判的唤灵师是没有能力的。那么只有唤灵师和堕落的唤灵师两种吗？这么说来，这个学校还有另外一个唤灵师的存在？

“我们学校有多少个唤灵师的存在我不知道，我现在也没有能力去感知。我现在只能告诉你，这虽然是我跟那个人之间的事，不过现在已经攸关到小韵你了。至于原因——小韵你知道吗？”清水撩起头发，眼神直直地与陈韵儿对视。

“什么原因？”陈韵儿疑惑。

“你之前遭遇到的所有困难，有可能都是若兮给的。你明白吗，小韵？”清水的话说得已经是极度隐晦了，她说“有可能”，但是其实必然是若兮。因为清水的眼里没有带有一丝犹豫，只有满满的肯定。

陈韵儿倒是一怔，缓了半天才消化了清水的话。按照清水的意思，穆晓冉在“厨艺大比拼”上只是为了让她下台才会说出那些话，况且穆晓冉也没有承认是她所做的，她说的话只能证明穆晓冉知道这件事。可是按照清水的意思，那这些事情都是受若兮的指使，穆晓冉充其量只是个帮凶而已。

难道若兮不仅仅是被人植入记忆这么简单吗？

见陈韵儿没答话，清水便接上去说道：“若兮她……一直很喜欢苏璃洛，小韵你没感觉到吗？”

对啊……在苏璃洛还是狐狸的时候，若兮就已经喜欢抱牛牛了。虽然在那之后发生了什么事她并不知道，可是从理事长嘴里说出来的话应该是正确的话，毕竟没把握的话她是不会轻易说出来的。

若兮喜欢牛牛……这件事她真的一点都不知道呢。事情怎么会变成这样？

“其实我……一直都很迟钝。”不然不会那么晚才发现自己对牛牛的感情，更不会不知道若兮对牛牛的感情。

“凤鸾有没有跟你说过安眠的事？”清水淡笑地问道。

安眠……那个凤鸾愿意豁出性命去救的人吗？

“听凤鸾说过一点，但也不是很了解。”

清水轻笑道：“凤鸾恐怕是第一次这么不要命地去喜欢一个人吧……本来我也是不会去救他的，毕竟互不相识，但是他对安眠的那份心让我想到了丝冗，于是我不顾一切地去救他了。安眠的体质很受妖怪的喜爱，按照凤鸾那时的能力是完全不足以保护她的。后来由于各种原因安眠走了，途中自然遇到了不少妖怪，可是被人救了。”

“咦，安眠没死吗？”那之前凤鸾为什么说她死了？

“安眠死了……谁和你说的？”清水讶异，但是很快收回了自己过于吃惊的表情，无奈地耸了耸肩，“小韵想知道吗？”

居然没死吗？那凤鸾怎么说死了呢，原本说是不确定的，不过好像说见到某个人之后就确定了。这是怎么回事呢？

陈韵儿看了看清水的脸上居然挂上一副戏谑的模样，思虑片刻之后点了点头：“我想知道。”

清水原本戏谑的神情又像是变戏法一般换上了有些叹息的模样：“小韵，安眠……就是你啊……”

陈韵儿的震惊程度简直超出了自己的预料。清水理事长一定是在跟她开玩笑吧，她怎么可能是安眠呢？她的记忆不是空缺的，她有着记忆，她是……陈韵儿啊。

“小韵似乎不相信呢，一开始我也不是很相信的，直到凤鸾告诉我之后你和苏璃洛的出现，我才相信了这个听起来有些荒唐的故事。”

“安眠的身体是一个绝佳的灵力储藏容器，只要拥有了她便可以获得很多的灵力，所以她变成各路妖怪所争夺的物品。凤鸾就是在安眠即将被抓的时候救了她的，把她带回家悉心照料，却不想给自己的家族带来了很大的灾难……最后安眠在一场争斗中被抓，却不知为何被关入唤灵师的炼狱，并中了炼狱之火，受到重创。”

“凤鸾还是放不下她啊……在他去炼狱找安眠的时候并没有发现她的踪影，因为经受不住炼狱之火的炙烤，昏迷的时候他听到那边的小鬼说，安眠被一个唤灵师救了，那个唤灵师叫苏璃洛。他为了安眠宁愿被批判，在地狱经受十年酷刑之苦，并被剥夺了唤灵师之力，也要救她。而苏璃洛的唤灵师之力则是暂时寄放在了安眠的身上呢，才保证了安眠不会死于非命。”

陈韵儿张了张嘴，却还是未能吐出一个字。怎么会这样……自己竟然是害牛牛被剥夺唤灵师之力的罪魁祸首。这……

清水知道自己所说的一切对于陈韵儿来说都太难以接受，于是她放轻了声音：“小韵总是会觉得自己有些事情记不太清楚吧？总是记忆里一阵模糊，那是因为小韵的记忆都是被平白增添的莫须有啊。”

陈韵儿再一次哑口无言。

清水本想安慰一下陈韵儿的，但是像是突然想起什么似的惊讶道：“啊，对了。凌若兮似乎是苏璃洛的未婚妻呢……”

苏璃洛是唤灵师，凌若兮是他的未婚妻。那么，若兮也是唤灵师了？

陈韵儿只觉得自己的世界一片天旋地转，不知道该如何清理自己的思绪。她缓慢地走向凤鸾的宿舍，她想，所有的一切没有人比他更清楚了。

她还记得，临走之前她还询问了一下凤鸾的伤势。

“那理事长……凤鸾的能力真的不能恢复了吗？”眼下最担心的应该是凤鸾的伤势，只怕他从今往后失去的不只是能力，还有尊严。毕竟那些能力是为了安眠而学习的，现在却为了她失去了那些能力，不知道凤鸾他以后会怎么样。

清水给她的回答却是许久的沉默，或许，一切都还是未知数吧。

A NOTEBOOK OF LOVE FOR THE ORIENTAL SAKURA COLLEGE

08 第八章

拯救

第二天，陈韵儿做了一些好菜准备带去给凤鸾尝一尝，他的身体越来越弱，希望他能熬过去。

冬天了，夜里冷得比较快。陈韵儿穿上外套走往教师寝室楼，不知道凤鸾这一天过得好不好，快临近期末了，她的功课必须抓紧，毕竟这高额奖学金是极度难得的。清水在那次之后也没有来找过她。是暴风雨前的宁静吗？

“咚咚咚”，陈韵儿敲了敲凤鸾寝室的门，门才开一条缝就听到寝室里面有东西倒地的声音。糟了，不会是凤鸾晕倒了吧？

她赶紧把门打开，就看到凤鸾倒在地上，果然是凤鸾晕倒了！

陈韵儿飞快地冲进去：“凤鸾，你怎么了？”陈韵儿看着脸色苍白得如一张白纸的凤鸾，急得都快哭出来了，连连叫了几声凤鸾都没有答应，之后她想了想，也只好去找清水理事长求助了。

陈韵儿立马丢下手中的饭盒跑了出来，跑到走廊的一半却突然听到了一个声音。

“小韵，你在这儿干吗？”

突如其来的声音把陈韵儿吓了一大跳，她转过身子抹掉未干的泪水，才转回身子看向声音的来源地。

“沁，是你？”最近经历了太多事情，陈韵儿看着眼前的少女微微有一阵欣喜。杨沫沁曾是她被人人嫌弃之时，第一个不嫌弃她的人。对于陈韵儿来说意义非凡。

“对啊，我看到你进入凤鸾老师的寝室就跟着过来了，想找你去吃东西呢。”杨沫沁的身段很好，嘉川学院的校服都是流线型的，所以穿着样子很好看。

“沁，我现在没空，可以过几天吗？”一想到凤鸾还在寝室里受罪，陈韵儿就恨不得飞快地跑到清水那儿求救。

“这样啊……”杨沫沁站在陈韵儿身后，若有所思地点点头，“那你去吧，我去帮你照看一下凤鸾。”

陈韵儿点点头，心想杨沫沁的人真是很好。可是跑出几步陈韵儿才发现不对劲，她刚才说什么？帮她照看一下凤鸾，她怎么知道凤鸾需要照顾？

糟了！陈韵儿心下一凛，飞快地冲回凤鸾宿舍。果然，她才跑到宿舍门口就看见杨沫沁的脸上带着诡异的笑，手中拿着匕首正准备朝床上虚弱的凤鸾刺下去。

“杨沫沁住手！你想干什么？”口里喊着，陈韵儿冲到了凤鸾床前。

“你在说什么呢小韵，我们可是好朋友。”

杨沫沁此时的声音诡异至极，陈韵儿小心翼翼地看了她一眼，却再也无法移开双眸了。眼前的杨沫沁已经不是杨沫沁了，她的脸如同墙壁上掉下来的石灰，一点一点地剥落下来。

难道杨沫沁是妖怪？

“啊真是的，怎么能在这个时间段就脱落了呢。”杨沫沁摸了摸掉下来的渣，一把扔到地上，“幸亏凤鸾会为了保全你而牺牲自己的性命，不然我还真的难以搞定他呢。不过他现在虚弱得不堪一击了。”

“你在说什么！”陈韵儿气愤难当，更是一把推开了杨沫沁。

“那个在‘蜀山客’的妖怪你还记得吗，就是我让它去杀你和凤鸾的。虽然没死，但是凤鸾也差不多成了废人吧？毕竟不是自己的力量呢，使用起来太伤身体了。”杨沫沁嚣张地笑了起来，“本来我是不想让你知道那么多的，可是你就要消失了……如果我不告诉你的话，你会不会死不瞑目？”

杨沫沁想杀了凤鸾之后还要杀她吗？她与杨沫沁无冤无仇，为什么要杀她？

“杨沫沁，你在胡说什么？为什么要让我消失？”陈韵儿死死地咬住牙关，每个字都是从牙缝里蹦出来的。

“想杀你的才不是我呢，是凌若兮，你的死党若兮。”杨沫沁咯咯咯地笑了一会儿，“我想要杀的只有清水一个人罢了，只可惜这个人类就要死了。那就让她安安乐乐地死去，那是丝冗的心愿。我希望丝冗开心，那就满足了清水恩准她再活四个月吧。”

丝冗？杨沫沁认识丝冗？

“你和丝冗……是什么关系？”陈韵儿感觉她现在就在真相的旁边，只要再靠近一点点就能抓住了。

杨沫沁再次笑了起来，脸上掉下来的渣越来越多，都快要能看见骷髅了：“我和丝冗……已经订婚了呢。”

订婚？那情况不就是和她、苏璃洛还有若兮的一样吗？

“你们在干什么？”

一个很突兀的声音插入其中，杨沫沁回过头才惊觉苏璃洛站在走廊边缘。

“苏璃洛，你的能力虽然已经恢复，但是你也不能阻止我做什么！”杨沫沁口气生硬，但是伸出的手已经缓缓收回，看来还是有所忌惮。

苏璃洛笑道：“在我还没有搞清楚事情之前，谁都不能动她！”

杨沫沁冷哼了一下，说了一句“这次算你走运”，便离开了。

从来不知道原来事情的真正操纵者是杨沫沁，她演得很好，让人一直相信她是好人。现在想想怪不得清水不说出来凶手是谁，原来是想给杨沫沁一次机会。

“你好像很得意？”苏璃洛走近她。

“得意？得意什么？”陈韵儿觉得莫名其妙，因为对方比较高，下巴抵在她头上，所以陈韵儿压根看不见对方的相貌。也不知道是不是对方钳制得太紧，还是自己挣扎得不够有力，总之没有逃脱对方的范围之内。

“嘭”，在挣扎之际陈韵儿的脑袋瓜偏巧不巧地撞上了对方的下巴。

“嘶，你这个女生怎么这么粗鲁！”那个人终于放开了陈韵儿，一边揉着下巴一边埋怨道。

陈韵儿仔细一看，心不自觉地疼了起来。眼前的人还是一如既往的银发及腰，狭长的眼眸如同狐狸一般，还有那琉璃色的瞳孔现今正半眯着。眼前的人不是苏璃洛又是谁呢？

“你刚刚说我得意是什么意思？”陈韵儿稍稍退了一步，刻意跟苏璃洛保持了距离。他现在是若兮的男朋友啊。

苏璃洛眯了眯眼睛，停下揉下巴的动作，故意欺身走到陈韵儿的面前说道：“你好像很怕我？”

陈韵儿颤了颤睫毛：“怎么可能，我为什么要怕你？”

琉璃色的瞳孔突而发出光彩：“你不会是爱上我了吧？”

刚说完这句话，陈韵儿的内心都抖动了一下。是啊，从来没有放弃过对他的爱，何况是现在呢，她都一直深深爱着。拒绝不了苏璃洛的好，拒绝不了苏璃洛的温柔，拒绝不了苏璃洛的一切……可是现在的他，已经失去那段记忆了。

“哈哈哈……爱上……你在说什么呢？”陈韵儿故作夸张地笑了起来，笑到眼泪都快掉下来了。

“不爱吗？”苏璃洛的眼眸中透出了点点失落，却依然嘴角上扬，看着她。

陈韵儿背过身子，惊慌失措地掩盖住了自己的表情，差一点点就暴露了自己：“我为什么一定要爱你呢？”

苏璃洛耸了耸肩，道：“真是个不可爱的女生，不过为什么我老是感觉你很眼熟呢。快说实话，你是不是我前女朋友？”

即使知道苏璃洛在开玩笑，陈韵儿的心还是不期然狠狠地抖动了一下。就算是被人植入了记忆，却还是记得她吗……可惜他们不是前任的关系，只是还没在一起就被扼杀了的一段感情啊。

牛牛你……对我的感情其实也是很深的对不对？在这一瞬间，陈韵儿就是如此感觉的。

“不，你认错人了。”陈韵儿调整了一下情绪，收起原本的表情便转身面对苏璃洛，“我怎么可能是你前女友，你不是只有一个喜欢的人吗。那这个人只是若兮，对吗？”

若兮的那份感情是从什么时候开始的，她都不知道。她竟然迟钝到这种程度。

现在可以了解的是，清水猜测到了背后的操纵者，但是不愿说出来。而之前使用催眠让陈韵儿差点儿淹死在海里的，可想而知必然是若兮的法子。

若兮……我和你非要走到这一步吗？

“傻子，大白天的就开始发呆，是在无视我的话吗？”苏璃洛凑近陈韵儿，晃了晃手指，继而眯了眯眼睛，一狠心死死地捏住她的鼻子。

“啊！你干什么？”陈韵儿骤然泛红了脸，不知道是因为呼吸不通畅还是由于害羞的缘故，脸红得像西红柿。

“让你不认真听我说话，这是惩罚。”苏璃洛扬起嘴角，笑得有点邪恶。看上去虽然是很大力地在用力掐陈韵儿的鼻子，其实没有，他只是用了一点力气而已。

说话，说什么话？刚刚她在想事情，哪里顾及到了牛牛在说什么话。不过为什么牛牛被人植入了记忆后，连着性格都变了？之前是爱黏着她，现在的他行为处事都跟以前的完全不一样了。

“你说了什么嘛！”陈韵儿认输，揪下鼻子上的咸猪手有气无力地问他。

苏璃洛轻笑，这个样子的陈韵儿才跟印象中的一样啊。为什么刚才要装得那么淡漠，害得他以为自己认错了人。

“以后不许无视我的话，不然，你知道我会怎么做的。”苏璃洛眨了眨狭长的眼睛，装作无辜的样子气得陈韵儿瑟瑟发抖。

陈韵儿哼了一下，偏过身子打算走出行政楼，不再理会眼前这个让人揪心的家伙。是啊，只要事情一涉及苏璃洛，她的心就立刻兵荒马乱，立场就不再坚定了。陈韵儿迈出一个脚步，随即她的腰间被人抱住，再一次被压在楼梯上的栏杆处。

“这次是真的……我们以前是不是男女朋友关系？”苏璃洛的头埋在陈韵儿的颈窝，热热的鼻息拂过她的肌肤，有一种痒痒的触觉。

第一次问这样的问题，陈韵儿可以当苏璃洛在开玩笑，第二次问这样的问题，陈韵儿的心脏狠狠地收缩了一下。又怎么可能是男女朋友关系呢，她只是喜欢，或者更胜一筹的爱，但是牛牛他从来没有承认过啊。

陈韵儿不知道她现在如果说是，苏璃洛的心情会是怎么样。都已经跟若兮在一起了，也没有什么好说的，何况他们还不是男女朋友呢。

“不是。”陈韵儿颤了颤眼睫毛，上面沾着的水珠一瞬间掉落到地面上，谁也没有看见。

苏璃洛将她压在扶栏上的身子僵硬了一下，继而抬起头看了陈韵儿良久，眼眸中透露出的失落感让她从神经末梢处开始疼痛。

“啊，这样吗，看来我是认错人了。”苏璃洛退了一步，银色的长发遮住了眼眸，她看不见他的表情，也不知道他的想法。

有那么一瞬间，陈韵儿就想伸手握住苏璃洛的手。但是她知道，即使握住了也不会说出实情，所以她硬生生地忍耐住了。

苏璃洛转过头看了一眼陈韵儿，继而头也不回地走出了行政楼。

终于解脱了，没有负担……

苏璃洛是相信她的话了吧？终于她还是不顾一切地推开了苏璃洛，明明幸福就在咫尺，她只要伸手就可以触摸到，却被自己狠狠地推出了门外。

牛牛你当时是什么心情……她真的可以体会呢。

陈韵儿对着行政楼的壁画狠狠地眨了眨眼睛，心里所有的委屈全部都在一瞬间憋回了心里。不要哭，陈韵儿，如果放得下清水放得下丝冗放得下凤鸾，这样的你才悲伤得让人哭泣。现在的你只能选择前进，因为他们都需要你的帮助啊。

陈韵儿抹了抹没有流泪的双眼，深深地吸了一口气，刚想抬脚离开行政楼，却忽然感觉到天旋地转，随即倒了下去。

阳光暖暖地投射进窗户，久违的冬日阳光让人感觉十分惬意。

陈韵儿摸了摸疼痛的脑袋，从床上坐起来，她的身上只盖了一条厚重的毛毯。周围的壁纸也是她不曾见过的花纹，十分迤逦。整个房间除了一张床，一些华丽的壁纸，就再无其他了。房间十分空旷，整个风格奇异得就像走进了别的国家。

“吱呀——”房门被打开，从外面走进来一个人。黑色的长发如瀑布般，只是在及腰处系了一根银色的绸缎。他的面容好像一个从漫画中走出来的少年，纤长的身上穿了一件紫黑色的长袍，外面套了件丝质的衣衫。

有一瞬间陈韵儿以为自己穿越了。

“觉得身体还好吗？你已经睡了两天两夜了。”对方的声音很是好听，但是做出来的动作却夸张得让别人大跌眼镜——一屁股坐在她的床上开始细细观察起陈韵儿来。

陈韵儿呆愣，过了好久才问道：“这是哪里，还有你是哪位？”

“咦，我刚刚进来的时候没有解释过吗？”少年摸了摸下巴，两只眼睛睁得圆溜溜的，“这里是唤灵师之境，我是唤灵师的执掌者，风烟。”

唤灵师的执掌者？风烟？陈韵儿的下巴都要掉到地上去了，开什么国际玩笑！

“我怎么会来这里？”陈韵儿用手指指了指房间里的天花板，继而又耸了耸肩。

哪知风烟嘟起了嘴巴：“哼，小韵儿什么的最讨厌了。要不是看在某人来求我的分上，我才不会千里迢迢去救你呢！你都不知道你的情况有多危急！”

咦？眼前这个唤灵师的执掌者竟然对着她在撒娇？有没有搞错，为什么跟想象中差距会有这么大！

不过风烟说的情况危急倒是真的，陈韵儿最后的记忆就是杨沫沁的脸不停地掉渣，就像是一个土人完全脱落的样子。如果再不走，等到她变成妖怪的样子后，那就完全掌控不住了。

“是谁通知你的？”这个才是问题最要紧之处。

风烟闹别扭似的哼了一下，随后才不情不愿地说：“就是那个被批判的唤灵师，叫苏璃洛嘛！哼，我最讨厌他了，私自破坏唤灵师的规矩，还妄想我去救你。要不是看在杨沫沁是堕落的唤灵师，我才不管你呢！”

咦，唤灵师的执掌者还挺守规矩的嘛！

杨沫沁是堕落的唤灵师吗，怪不得风鸾感觉不到她的存在。因为杨沫沁是唤灵师，不是妖啊。

只是苏璃洛会出手求风烟救她，这个是陈韵儿万万想不到的。一直以为苏璃洛被人植入记忆后就会变得陌生，以至于陈韵儿到现在都在怀疑上次苏璃洛问她，他们是不是前任男女朋友关系这件事是在做梦。

可是现在苏璃洛去求风烟，那是不是代表着他已经想起来了呢？

“你不要妄想苏璃洛能记起一切，他手臂上的印记是代表着被植入记忆，不过那个记忆是不是和凌若兮的不太一样？是因为……那次的记忆植入出现了小差错，导致了他的记忆无法被解除。”风烟不知道从哪里变出来的棒棒糖，一边吸吮一边解释道。

“怎么会？”陈韵儿不可思议地睁大双眼，眼看着事情就会被解决，却在这个节骨眼上出了问题，“那若兮的记忆是怎么回事，她不是本该恨我的吗？”

陈韵儿的记忆还没有完全恢复，只记得一些零碎的片段，并不清楚中间出了什么问题。

此时的风烟眨了眨无辜的眼睛，伸出舌头舔了一下棒棒糖，咽下口水后才解释：“你在开什么玩笑。若兮一直是你的朋友啊，当时知道你跟苏璃洛相爱之时，她很大方地说自己要取消这个婚约。在现实生活中也是照顾了你一年之久，是去了嘉川学院才变的不是吗？”

啊，是这样吗！若兮从始至终都没有变过吗，她怎么会忘记若兮的手臂上也有梅花印记，那才是正确地被植入记忆了吧。如果是私自揣测，她的确把若兮想象成坏人了。这一年多来若兮确实把自己所有的一切都想给她，只是陈韵儿从来不接受罢了。

“那杨沫沁是什么身份？”在那天她才知道杨沫沁是丝冗的未婚妻，但是她怎么成了堕落的唤灵师？

风烟气呼呼地从嘴巴中拿出棒棒糖：“唤灵师分很多种，被批判的唤灵师和堕落的唤灵师只是其中两种！本来是杨沫沁和丝冗结婚的，你想想自己深爱的未婚夫爱上了一个平凡无奇的人类，你会怎么样？你这个丫头怎么那么笨啊！”

所以杨沫沁是深深地爱着丝冗吗？怪不得清水不去计较，因为那是丝冗，杨沫沁曾经要与之过一生的伴侣，但是却被她生生地抢走了。兴许是内疚，总之她不想要责怪杨沫沁。

“丝冗已经灰飞烟灭了，不可以不计较吗？”陈韵儿天真地问道。

风烟似乎被气得炸掉了：“你这个丫头怎么那么笨啊，唤灵师是不会死的！再过50年丝冗就可以回来了，所以他才把能力给清水，想让她活过100年之后再相见。只是那个清水那么笨，竟然把能力转给了凤鸾，那就没法活了啊！丝冗回来估计清水都还没轮回呢！”

唤灵师是不会死的……丝冗即使灰飞烟灭也会再回来，但是清水却不能再活下去了。他们两个人之间终究是孽缘吗？再也没有交集，再也不可能在一起。

眼前的风烟虽然是一脸疯癫，但是为人处世却是极有原则。从刚才的谈话中可以看出来，如果触犯唤灵师的规则，他一定会处置。不过法外容情，所以风烟没有处置接受丝冗能力的清水，更没有处置接受苏璃洛能力的陈韵儿。算得上是爱遵守规则却喜欢隐性地破坏规矩的人，看得出来风烟是个极端的人。

风烟看着陈韵儿的表情，笑嘻嘻地把手一挥，一幅令陈韵儿难以置信的画面便出现在她的面前。

“让小韵看看怎么受刑的。”

听到风烟的话，陈韵儿不由得想起了测试那一次电脑上所写的酷刑。

如果她记得没错，上面是写着：拔舌、剪刀、铁树、孽镜、蒸笼、铜柱、刀山、冰山、油锅、牛坑、石压、舂臼、血池、枉死、磔刑、火山、石磨、刀锯。

而现在，被银色木桩顶在半空中的苏璃洛应该是……在承受磔刑。

陈韵儿的眼瞳随着苏璃洛脸上痛苦的神情一起变化着。

仿佛害怕苏璃洛掉下来似的，那个银色十字架突然分化出四个小十字架。那几个小小的十字架在空中悬浮了几秒，然后在陈韵儿心惊肉跳的目光中朝着苏璃洛的双手双脚狠狠地钉了过去。

这是真正地钉在苏璃洛的血肉之躯上，他的双手双脚正缓缓地淌出血来，顺着那个巨大的银色十字架流下，染成一副妖异的模样。

现在，苏璃洛宛如被审判的耶稣一般被钉在银色的十字架上，那触目惊心的血看得陈韵儿几乎要失去了呼吸的力气。

“不——”陈韵儿绝望地呼喊出声，看着苏璃洛面部因为痛楚几乎扭曲了的模样，她的心也跟着痛起来。

磔刑！陈韵儿在心痛的瞬间想到了这个词，苏璃洛现在所受的，不就是磔刑吗？

可是为什么？就算是苏璃洛受惩罚，那么她也不该出现在这里啊！不出现，不看见，就不会心痛得快要死掉了……

陈韵儿知道自己很自私，但是却忍住不去看苏璃洛痛苦的模样。她不敢，她不敢看。

那个巨大的十字架缩小了无数倍，变得和陈韵儿的身高平行起来。接着，就是四肢被钉在十字架的苏璃洛呈现在了她的面前。

“不！不要！”陈韵儿几乎是飞奔过去，却被一股力量阻隔在苏璃洛的十米之外。看着潺潺的血从苏璃洛的身体里流出，她感觉自己快要疯掉了。

她的心中只有一个念头，救他下来！

陈韵儿看着苏璃洛苍白到毫无血色的脸庞，整个人从头凉到尾。

她看不得他这样受苦啊！她宁愿受苦的是自己啊！

画面戛然而止，风烟似乎撤除了苏璃洛的惩罚，现在的他全身无力地躺在了地上。陈韵儿感觉面前阻隔她的力量消失了，便飞快地冲了过去。

心痛得快要死掉的陈韵儿小心翼翼地扶起苏璃洛，生怕自己的哪一个动作会牵动到他的伤口。在陈韵儿怀中的苏璃洛幽幽转醒，声音虽然虚弱却在陈韵儿的耳中宛如天雷。

“现在我还不清楚我和你是什么关系，但是至少在我的记忆里，陈韵儿你是不可或缺的一部分。另外就是我救你的这件事估计已经被杨沫沁知道了，凌若兮现在和她是同一条船上的人，我们要好好想办法应对她们，不然你我都会死无葬身之地。虽然我是唤灵师，可是我没有能力，无法保全自己，更别说你了。”苏璃洛在说到自己没有能力的时候，明明浑身是伤却也依旧是嘴角上扬，看来他对自己没有能力的事情倒是接受得很迅速。

陈韵儿不小心碰到了苏璃洛的伤口，疼得后者龇牙咧嘴，她慌张地收回手，眼眶中的泪瞬间滑落：“你说的我懂，不过我想知道你为什么没有带若兮过来。你和她……不应该是在一起的吗？”

她的这句话是试探也是坦白，从风烟口中得到的消息必然不会骗人。可是若兮她现在还在杨沫沁的身边，现今她没有回来，不知道会出什么状况。

苏璃洛声音变得更加虚弱：“不用担心，这些伤对于唤灵师来说很快就会恢复的。”

“若兮吗……小韵你真是担心谁都没有担心到自己呢。你想想看，若兮她现在和杨沫沁是站一边的，你以为她会受到什么伤害？若兮被植入的记忆还没有消去，你觉得她现在会跟我一起回来吗？”苏璃洛的声音带着小小的宠溺。

陈韵儿被苏璃洛的那句“小韵”给小小地震惊了一下，虽然有很多人喊她小韵，可是要知道眼前的苏璃洛从来都是喊她“陈韵儿”，“小韵”这两个字从来都是从牛牛的口中喊出来的。

但是苏璃洛分析得也很正确，毕竟若兮已经被植入了记忆，她怎么还能用之前一样的态度去对待？

“小韵你……知道牛牛是谁吗？”浑身是血的苏璃洛的眼睛突而明亮，笑得像只偷腥的猫。

陈韵儿几乎是浑身一震，有些难以置信地望着苏璃洛。果然啊，苏璃洛的植入记忆出现了错误，才会记得这个名字的吧？

陈韵儿抱着他，能够感觉到自己的心中因为苏璃洛的那一句“牛牛”有多么震撼。这是不是意味着她还是独特的，至少对他是独特的？

瞧见陈韵儿默不作声的样子，苏璃洛因为疼痛轻咳了一声，刚准备开口就被陈韵儿的话给打断了。

“牛牛是你……是我给你取的小名儿。”陈韵儿轻声道，竟然不敢抬头去看苏璃洛的样子，只能将头埋得很低。

过了许久都不见苏璃洛有什么声音，久到陈韵儿以为他已经走掉了，心突然就空了一块。

“果然……还是记不起来吗……”陈韵儿一直没敢抬头，却不料在她轻声呢喃过后头顶传来一声轻笑。

陈韵儿有些惊诧地抬起头，便看到苏璃洛面容上满是温暖的微笑，望着她。

“小韵，我很喜欢这个名字。”苏璃洛依旧笑得蛊惑，他伸出手揉了揉陈韵儿的脑袋，“这些对我来说都是陌生又熟悉，虽然不清楚，但却知道对我非常重要。所以，以后就算我真的想不起来了，那么小韵也要花很久很久很久的时间帮我想起来好吗？”

陈韵儿的泪几乎是在那一刹那就毫无征兆地滑落，心底的某一处柔软被狠狠刺中。

白痴牛牛！浑蛋牛牛！就算是被植入了记忆也还要把她记得那么深，这样要她以后怎么苛刻地对他，不给他红烧肉吃呢？

“知道了，我会的。”陈韵儿眼中含着泪，唇边却扬起一个明媚的笑，点了点头。

苏璃洛的唇角瞬间上扬，眼角也因为发自内心的笑容弯成了好看的月牙。

只是，某人忘记了自己伤势很重，于是，发生了有史以来最喜剧的一幕。

苏璃洛浑身是伤地躺在陈韵儿的怀中，呻吟了一声便带着一脸幸福……

晕过去了。

陈韵儿小心翼翼地将苏璃洛搬上床，她要好好地照顾他。

口中的棒棒糖不知道什么时候已经化了，咬着棒棒糖最后剩余毫无价值的棒子，风烟笑了笑，离开了那个房间。

他想，唤灵师界也不应该这么无趣的吧，或许这是个好兆头！

一连在唤灵师之境这个地方待了好几天，陈韵儿整个人也变得莫名地烦躁起来。每天她都是待在这个房间里，风烟让她最好不要出去。每天守着苏璃洛，她的牛牛，出不出去对她来说已经无所谓了。

她知道，这外面可能都是唤灵师。一下子让她去见到那么多在原本生活中不可能见到的……神灵，任何人都接受不了的吧。可是不出去，每天等着风烟偶尔来小坐一下，她根本就不知道外面的任何消息！

比如，若兮现在在和杨沫沁讨论怎么杀掉她吗？清水理事长到底怎么样了呢？凤鸾呢，真的就这么消失了吗？

这一切的一切她都想要知道，毕竟有很大一部分的原因，是因为她才闹出这些事情的啊！

在床上闷坐了一会儿，陈韵儿几乎是按捺不住自己心中着急的心情，噌的一声站起来想要去开启那扇自从她住进来就没有触碰过的门。

与此同时，也不知道风烟是不是一直都站在门外，所以才会在陈韵儿的手刚碰上那扇门的把手之后门就打开了。

“小韵这是要去哪里呢？难道是才一天没见我就想我了，所以迫不及待地想要去找我？”风烟笑嘻嘻地走了进来，顺手把门关上了。

但是陈韵儿还是看到了，她偷偷地瞟了一眼，风烟还未关上门，那门后的风景……

一望无尽的漆黑。

没有任何东西。

但就是这样，却让陈韵儿的心中产生了莫名的恐惧感。

看见了陈韵儿脸上的恐惧之色，风烟只是有些无所谓地耸耸肩："小韵不要发呆了，待在这里这么久肯定有很多问题想要问我吧？"

陈韵儿从恐惧之中清醒过来，很是怀疑风烟是不是有洞察人内心的能力，所以才会一语道破她心中的想法。

陈韵儿走到风烟的身边坐下来，憋了一肚子的疑问终于全部爆发开来："我对5年前的记忆还不是很清楚，只是隐约模糊地记得一些片段。但是我知道现在最重要的事情是若兮和杨沫沁，为什么这几天一点儿风声也没有？"

"明天就准备让小韵回去了，待在这里也不好玩吧。"风烟没有正面回答陈韵儿的问题，而是笑眯眯地又变出一根棒棒糖舔着。

陈韵儿一愣，旋即点了点头，但是又突然想到自己问的根本就不是这个，所以叹了口气之后她又说道："风烟，回答我的问题，我想知道。"

这回轮到风烟愣住了，好像从来没有人和他这么说过话的吧？

风烟闷闷地把棒棒糖全部含在了嘴里，模糊不清地说道："哼，小韵这么强势干什么？凌若兮和杨沫沁躲起来了，所以才要让你回去，然后引她们出来。"

所以是把她陈韵儿当成诱饵了吗？风烟真不愧是唤灵师执掌人，为了抓到堕落的唤灵师竟然让她涉险。不过，这一切似乎都是由自己引起的，所以他这样做也没有错吧。

风烟自然是没有漏掉陈韵儿脸上的任何情绪，他舔了舔棒棒糖笑着说道：“如果这次能够抓到堕落的唤灵师杨沫沁，你和苏璃洛都能够得到相应的奖励。”

陈韵儿似乎听出了风烟话里隐含的意思，不知道为何莫名地有些激动起来，她抬高了声调问道：“那这个奖励可以让苏璃洛减轻刑罚吧？”

风烟摇摇头，眼底快速闪过一丝戏谑，但被他掩饰得很好。

陈韵儿刚刚有些激动的神情瞬间又落寞了下去，看起来她自己都不明白为什么要这么在意苏璃洛。明明……都是陌生人了。

“笨蛋啊小韵，虽然不可以减轻刑罚，但是可以减轻刑罚的年限嘛！原本是50年，不知道这次之后，会变成多少年呢？”风烟似乎看不下去陈韵儿那一副苦恼的模样，有些不高兴地嘟囔道，“对了，清水和凌若兮应该都还在杨沫沁的掌控之中。你回去之后要万分小心，如果能够见到清水那是最好的了。”

“还有，杨沫沁最恨的人应该就是清水，她想要在丝冗回来的时候亲手送清水去死吧。她对丝冗的爱实在太偏激了啊，杨沫沁已经给学校设了结界，除了我们，没人可以救大家了。”

“那就回去救他们。”原本躺在床上在装昏迷的苏璃洛听到这里，忍不住坐起身子开口了。

陈韵儿眨巴眨巴眼，没有想到苏璃洛突然坐了起来。苏璃洛朝她尴尬一笑，转过头又对风烟说：“这一切都是堕落的唤灵师的阴谋，所以我们不能坐视不理的对吧？”

风烟点点头。

“那就让我们回去，跟那个堕落的唤灵师做一个了结吧？”苏璃洛轻声道。他忍不住看了一眼陈韵儿，他说的是他们两个一起。

陈韵儿被苏璃洛那么专注地注视着，不禁红了脸，手指却不听话地缠绕上他的手臂，表示支持。

风烟暧昧地笑了，看来他的日子又要开始欢乐了：“那现在就把你们送走吧。”

陈韵儿和苏璃洛还没有完全从风烟的话中反应过来，只觉得身子一轻，眼前的视线也逐渐转为黑暗。

看着陈韵儿和苏璃洛的身影消失在自己的面前，风烟的唇角忍不住上扬。只是怎么看过去，都有着一些幸灾乐祸的模样。

“小韵啊小韵，不知道你还能给我上演怎么样的好戏？”

陈韵儿两人再醒过来的时候，已经是在嘉川学院了，而她正是躺在了自己的寝室里。

眼前的视线还是有些模糊不清，陈韵儿似乎隐隐约约地能够看到一些东西，然而她瞬间就注意到了那个站在她床边不远处的黑影。

陈韵儿浑身打了一个激灵，几乎是在那一瞬间眼前的世界完全变得明亮起来。

“清水理事长，是你啊……”看到站在自己床边的人是许久未见的清水，陈韵儿提起来的心这才放了下去。

只是清水的脸色看起来并不是那么好，一脸愁容的她看起来似乎瞬间老了好几十岁。

“小韵啊，你终于回来了。你知道吗，我昨晚又梦见丝冗了。”清水的情绪似乎有些不稳定，她快步走到了陈韵儿的床边抓住了她的手。

苏璃洛站在一边，对于从头至尾都无视他的两个女人感到无可奈何。不过却没有心思去计较，他懒洋洋地爬到床上，准备好好休息一下。

陈韵儿看到他慵懒的模样忍不住笑出声来，但是看到眼前神情有些恍惚的清水她又觉得有些难过。

还真是矛盾啊。

“你知道吗，丝冗在怨我，他怨我把能力都给了凤鸾。他说，明明我们还可以相见的，但却因为我，只能在生生世世的轮回中永不相见了。小韵，丝冗为什么会这样说？为什么？”清水却像是没看到两人之间的奇妙，她越说越激动，最后两行清泪顺着她已经略显苍老的脸庞上滑落。看来，就算是在梦中，丝冗对她说的话也最令她动容。

陈韵儿想起了风烟说的话，她想了想，还是决定告诉清水：“丝冗没有死。他只是必须消失去接受惩罚，你们很快就能见面了。他会把自己的能力交给你也是这样的原因，如果按照人类的年龄来算你是等不到他的，但拥有了唤灵师力量的你却可以永世生存。”

清水浑身一震，整个人几欲晕厥过去。怎么可能！是她，是她亲手断送了丝冗回来见她的机会吗？

怎么可以啊，她从未忘记，忘记不了丝冗走的那一刻脸上还挂着不放心的微笑。他说的话都历历在目，原来他们真的可以再次见到的。

只是，她亲手断送了这唯一的机会。

清水站在陈韵儿的面前泣不成声，却依旧咬着牙不让自己的身子软弱到跌坐在地上。

陈韵儿瞧见清水的泪水，心中百感交集。或许是因为自己和苏璃洛的遭遇像极了永生永世可能都无法再相见的清水和丝冗了，陈韵儿竟然也不自觉地落下泪来。

望着床上逐渐熟睡的苏璃洛，陈韵儿捂着嘴不让自己哭出声来。牛牛，我们也会变成这样吗？

陈韵儿无法想象自己和苏璃洛变成那样的时候，自己会不会崩溃，但可以确定的是，自己绝对不会再爱上任何一个人。

不知不觉，对牛牛的爱已经那么深了啊。

陈韵儿不再看清水的泪颜，将头转向寝室窗外的阴天。

什么时候，才会天晴呢？

A NOTEBOOK OF LOVE FOR THE ORIENTAL SAKURA COLLEGE

00 第九章

没　有　灵　魂

只是，现在还未到天晴的时候。

陈韵儿回到学校不久，居然直接被告知全校的老师在一夜之间全部消失不见了。

等陈韵儿回过神来，第一个去找的人就是清水。

等陈韵儿赶到清水那里的时候，看到的就是清水佝偻着背，有气无力地坐在软椅上。

“清水理事长！怎么会这样？”陈韵儿快速地跑到清水的身边，语气之中几乎难掩心中的惊恐。

清水咳嗽了两声，神态之中尽显老态：“没关系的，小韵，我只不过是遭到了报应啊。”

陈韵儿一愣，旋即反应过来清水说的是什么。清水是因为有了丝冗的能力才能够一直保持青春美貌，然而她已经失去了唤灵师的能力，用清水的话就是离死已经不远了，所以恢复了她原本年龄该有的样子。

“小韵，我知道老师们都去了哪里。他们都被杨沫沁抓到了我和若兮都去过的地方，应该是被关起来了。”清水无力地坐直身子，似乎每一个动作都尽了全力。

莫名地，陈韵儿看着清水吃力的模样，竟然红了眼眶。清水一定在想着努力地活下去吧，这样才能见到丝冗。可是，明明已经是不可能的事了……

陈韵儿叹了口气，似是为了清水的执着，抑或是为了自己的执着：“那杨沫沁把他们抓去干什么？这些老师根本和她无冤无仇吧？”

清水听了陈韵儿的话，摇了摇头：“小韵还不懂吗？杨沫沁是因为你，才把那些老师抓走的。”

陈韵儿觉得自己的心脏如果再受一些打击一定会休克的：“为什么？那些老师跟我也非亲非故啊！”

“如果你有办法，你会去救他们的，对吧？”清水虽然神态像是迟暮的老人，但是说出的话还是令陈韵儿感到折服。

如果真的是因为自己被抓走的，那么陈韵儿根本不可能会坐视不理的。清水说得对极了，她一定会管。

清水瞧见了陈韵儿的目光，心底还是有些欣慰的。她有些吃力地转过自己面前的电脑，想要让陈韵儿看到电脑上的画面。

陈韵儿偏过头，很轻松地就看到了电脑上显示的画面。她也算是明白，为什么清水会说这件事情是因为她而发生的了。

电脑上的文档里只有一行黑色加粗的大字：拿陈韵儿来换全校老师。

陈韵儿轻叹了口气，和清水对视一眼之后，笑着点了点头。

陈韵儿回到宿舍，安静地坐在床边。清水刚刚告诉她，今晚12点站在寝室门口，杨沫沁会来找她的。

陈韵儿倒是不怕杨沫沁，因为毕竟这件事情躲不掉，她也无法逃跑，再怎么样可怕也只能坦然接受。只是风烟说的，要她引出杨沫沁，那么今晚他就会出现了。那么，这是不是也意味着，只要杨沫沁一出现，风烟把她抓住了，这一切都结束了？

不，陈韵儿还是想得过于简单了。

等指针走到12点的那一刻，出现在她面前的并不是杨沫沁，而是凌若兮。

当凌若兮拿着一把黑色的铁棍出现在陈韵儿面前的时候，后者终于知道了什么叫失策。

如果不是杨沫沁出现，那么风烟就不会出现，所以她死定了是吗？

陈韵儿叹了口气，没有想到自己的死亡会有这么戏剧化的进程。只是心底为什么没有了所有的恐惧？因为现在站在对面的是她，凌若兮吗？

只见凌若兮冷着一张脸，眼眸之中也不带丝毫的情感，她举起黑色铁棍，嘴里念念有词。瞬间，她手中的铁棍爆发出一阵黑雾般的光芒，席卷了陈韵儿的周遭，将她吞没在黑暗之中。

只是，看不见周围景象的陈韵儿却突然握到了一双温暖的手。

在失去意识之前，陈韵儿听到了那个令她熟悉到落泪的声音：“小韵别怕，我在这里。”

苏璃洛，是你来救我了吗？

只是磔刑又再一次出现在陈韵儿面前，而受罪的人又是苏璃洛时，她险些崩溃。

“还真是，痛得不行啊……”苏璃洛的四肢被拔掉十字架后，瞬间传来的巨大痛楚使得他的身子不断痉挛着，用了好久的时间才得以平静下来。

被苏璃洛压在身下的陈韵儿根本不敢乱动，生怕一个不小心就戳到了他的伤口。

“笨蛋小韵……”瞧见了身下人儿战战兢兢地生怕弄疼了他的模样，苏璃洛不由得心口一暖。但没等他说出些什么温馨的话来，他就发现自己的身子被一股强大的力量拉扯起来，然后重重地砸向地面。

本来被那股突如其来的力量拉扯至半空中就已经牵动了伤口疼得直冒冷汗的苏璃洛，又接着被狠狠地砸向地面，就算是他身子骨再硬朗也忍不住哀号出声。

陈韵儿则是被眼前的一幕吓傻了，直到苏璃洛的哀号声传出，她才一个激灵从地上爬起来。

当她看到苏璃洛整个人毫无生机地躺在不远处，陈韵儿不可否认自己的心脏仿佛也就在那一刹那停止了。

陈韵儿脑海中突然变得一片空白，她不知道该怎么哭才能表达出自己心中现在有多么悲伤。

她艰难地走向苏璃洛，眼前只有他一动不动的模样。

走到了苏璃洛的跟前，陈韵儿出奇地没掉一滴眼泪，她只是伸出手戳了戳紧闭着双眼的苏璃洛。

“喂，牛牛，你还不起来吃面包吗？”

陈韵儿戳了戳苏璃洛，后者则是没有任何反应。

“牛牛，你是在和我玩‘一二三木头人’吗？”

陈韵儿继续戳了戳苏璃洛，后者还是一动不动。

“牛牛，你，睡着了吗？”

陈韵儿笑着将手覆在苏璃洛从未睁开过的眼睛上，笑着闭上了眼，但泪却顺着脸颊滑了下来。

骗人的吧！牛牛是唤灵师，怎么可能死呢？牛牛只是睡着了，等一下，他就会醒过来的……

似乎自己都无法相信自己的自欺欺人，陈韵儿哽咽了几声将头埋到苏璃洛的身上。似乎感受到了苏璃洛渐凉的体温，陈韵儿终于忍不住放声大哭。

牛牛，笨牛牛！陈韵儿在心中暗骂，从一开始被她捡到就是个圈套吧，故意赖在自己身边不走。故意让自己爱上他，然后再这样狠心地离去，报复一下他为她所受的批判之苦吗？

不知哭了多久，仿佛哭得失去了所有的力气，陈韵儿竟然倒在了苏璃洛的身上晕了过去。

少了陈韵儿的哭声，这片黑暗地带更是显得有些诡异起来。

片刻之后，黑暗之中传来一声咬牙切齿的声音：“凭什么，凭什么你们到死的那一刻，还在想着对方？”

黑暗之中，那个愤恨的声音一直徘徊着，久久无法散去。

难过、愤怒、痛苦、绝望……陈韵儿的心中百感交集，她再一次不确定地睁开眼又阖上，然后又睁开。

终于确定了自己身处的地方的确是自己的寝室之后，陈韵儿第一个想到的便是苏璃洛。她从床上翻身下来，还没等她去寻找苏璃洛，便看到自己平常写作业的桌子上趴着一个人。

陈韵儿却在此刻又忍不住颤抖起来，她小心翼翼地接近那个人，生怕自己的动作太大，惊扰了这场梦。

只是没等她到那人的跟前，那人就突然伸了一个懒腰坐直了身子，然后他就看到了小心翼翼地跟做贼似的陈韵儿一动不动地盯着他。

苏璃洛好奇地挑眉，明知故问："小韵干吗一副做贼的样子？"

陈韵儿就这样突然落下泪来。

她根本不敢确定眼前的人是不是真实存在，就算他说了话，陈韵儿也不敢确定他是真实的。

不敢确定现在站在她陈韵儿眼前，笑着打招呼的人是刚才在那个地方几乎已经失去了呼吸的苏璃洛！

苏璃洛因为陈韵儿的泪突然慌了手脚，手忙脚乱地把她拥入怀中，希望能够给她一点安全感。

"牛牛，你不是……"陈韵儿被苏璃洛抱得差点透不过气来，不过这样的拥抱也让她明白站在她面前的苏璃洛并没有像她看到那般，离她而去。

苏璃洛皱了皱眉："我想我们应该是做了一个身临其境的梦，而这个梦，应该就是杨沫沁操控的。她用了被批判的唤灵师需要受的各种极刑，让你亲身去感受。只是我不清楚，她为什么要这么做？”

陈韵儿愣了愣，她早该想到的不是吗？早该想到这一切都是杨沫沁设计的，她为什么要这么做陈韵儿不清楚，但是她却敏感地想到了一个问题。

“你在受惩罚期间，都是受这种极刑吗？”陈韵儿问得小心翼翼，甚至不敢去想苏璃洛受刑的那个画面。

苏璃洛顿了顿，像是没有想到陈韵儿会这么问：“是，我的确是受着这样的惩罚。但是却也就像我们被烈火焚烧的一样，只是虚无的，对身体不会造成任何伤害。这种惩罚倒不如说是精神上的折磨，每一天都要重复同样的煎熬，若是意志不坚定，在那虚无之中灰飞烟灭的唤灵师也不在少数。但是，刚才在我们梦中，我被磔刑真实地钉住，还是头一回。我刚才也差点儿以为自己快要死掉了，幸好我还活着。”

陈韵儿低头：“不要死。”

苏璃洛怔了怔，好笑地揉了揉陈韵儿的头发：“遵命。”

一瞬间，陈韵儿以为现在抱着她的人还是从前的那个人，是她的牛牛。

还没等陈韵儿从回忆中挣脱开来，寝室的窗户“嘭”的一声玻璃全部炸裂开来，等不及苏璃洛站起身来，陈韵儿和苏璃洛的身子就迅速地被提了起来，然后迅速地飞出了窗外，冲上九霄云天。

“风烟，你干什么！”陈韵儿丝毫不敢动，生怕一动就会掉落下去。

双手提着两个人，风烟却依然轻松地眯着眼睛笑道：“没干吗，就是今天心情好，想解救你们于水深火热之中。”

苏璃洛似乎探到了风烟的来意，他知道风烟不来是因为事情还没有严重到要他出面，但是如果风烟出现了，就必定是严重至极了。可是能有什么事会让风烟这么在意？

在陈韵儿一眨眼间的时间他们已经进入唤灵师之境，那片虚无缥缈看不到一切的地方。

打开门的时候，只见一个人从门口扑出来，苏璃洛随手接住了那个人。陈韵儿看清来人后惊呆了：“理事长，你怎么在这里？”

“昨天我闲着无聊，在清水办公室的密室看到监控录像，录像上的学生都如同行尸走肉般，眼光发直，各走各的，连同走路的步伐速度都几近一致。随后我就把清水带过来了，你们两个还在学校当然很危险，就顺便一起打包带来了。”风烟难得正经了一次，连说话的语调都是正经的样子，看来事情真不是想象的那么简单。

走在前面的风烟虽然眼睛都没有瞥一眼，可是他却是一边走一边解释的说：“清水在嘉川学院太危险了，我就顺手给带回来了。不过这个家伙似乎想要去赴死，我不怎么同意，就在这里设立了结界。”

陈韵儿听完后第一个尖叫：“理事长你要去嘉川学院？你明知道杨沫沁在找你，不要去……”

清水的脸上尽显颓废之色，她再一次强调她要去嘉川学院的目的：“如果我不去，学校的所有学生怎么办？我不可能放任杨沫沁为所欲为，我更不可能让学校的学生陷于危险之中，我是嘉川学院的理事长，我必须担起这个责任！”

“我同意小韵的观点，理事长还是乖乖待在这里吧，你担心的这些事情我们会处理，况且唤灵师之境的人也会帮忙的吧！”站在一旁的苏璃洛很难得地发表意见。

陈韵儿得到支持后，对着清水笑了笑：“理事长还是安心吧！”

其实陈韵儿知道，清水的这个状态已经进入老年期了，她把能力给了凤鸾，所以只能一步步快速地走向衰老。清水不能去冒险，就算是自己去冒险也不能让清水去。

在一边沉默了很久的风烟突然笑了起来：“小韵，苏璃洛，你在跟我开玩笑吗？嘉川学院被杨沫沁设了结界，唤灵师之境的人根本无法进入学校捕捉杨沫沁……所以你们义正词严信誓旦旦地说帮清水，真的帮得了吗？”

“可是……风烟你是如何进去救我们的？”苏璃洛开口问。

风烟笑得更欢了：“苏璃洛你忘了吗，我是存在于三界之外的，杨沫沁的结界怎么可能困得住我？”

房间内一下子沉静下来了，谁都没有说话。

“风烟，你会帮我们吗？”陈韵儿的眼神投向一直在笑的唤灵师执掌者。

陈韵儿一直都懂，风烟并不是不在意他们，只要不打破唤灵师界的规定，风烟是一定会帮的。每次在最重要的关头的时候，风烟都会出现救他们，不管是清水还是她抑或是苏璃洛，都一次次地救了他们。

那个相貌妖娆的少年嘟起嘴巴，双眸眨了眨，回答道：“不要，我才不要做费力不讨好的事情。杨沫沁的结界不是那么好破坏的，平白无故浪费我那么多力气去做我不喜欢的事儿我才不干呢！”

大家都没有想到风烟会拒绝，不过也对，风烟做任何事都会出乎人意料，如果会被人猜到，那就不是风烟了。

陈韵儿咬了咬牙，提起大家都未曾开口说的一件事：“如果不去救，那凤鸾怎么办？他还在学校里！”

苏璃洛看了一眼陈韵儿，没有发表任何意见。

风烟眯眼：“我虽然不能帮你们破坏结界，但是我能告诉你们，只要破坏杨沫沁的结界，就能完美地救出嘉川学院所有的学生。”

破坏杨沫沁的结界……这件事说起来简单，可是没有能力陈韵儿如何去破坏？

“小韵，我跟你一起去破坏结界吧。救出凤鸾，保住学校所有人。我们都不是唤灵师之境的人，可以随意出入嘉川学院。”清水站起身，脸色尽管沧桑但是态度坚定。

“我去吧，理事长还是好好休息要紧。”

苏璃洛向前一步，在清水还没来得及拒绝他之前就拉住陈韵儿的手离开了唤灵师之境。

“牛牛……”

“不要说话，别让我后悔。”

陈韵儿乖乖地闭上嘴巴，这样的苏璃洛相当少见，擅自做主想做好事，却不想陈韵儿去感谢他……他只是想要在陈韵儿心里存在一席之地，这样的想法让他很愉悦。

嘉川学院的上空，密布着乌云，苏璃洛随手点了一下空气，却被无形之中的结界给弹了回来。

“我在这边破坏结界，小韵你快速地去救凤鸾。”苏璃洛将陈韵儿推入结界之内，自己却伸手要开始挥动体内的力量。

因为陈韵儿不是唤灵师之境的人，出入并不受结界的控制，所以进入嘉川学院真是轻而易举。

她相信苏璃洛，因此将破坏结界的事全权交给他，而自己放心安然地去找凤鸾。

那个傻瓜，肯定躲在一个角落里等待着死亡的降临吧！

果不其然，走回凤鸾宿舍的时候，在门外就听见了凤鸾难以掩饰的轻咳声。

陈韵儿心下一惊，马上奔到了凤鸾的床边，将他快要掉下床沿的身子扶了起来，然后准备立即离开这块是非之地。

“你们想跑？”

熟悉的声音从背后响起，陈韵儿顿了一下身子，缓缓地转过身才看到那是昔日对她最好的死党若兮。

凌若兮手拿黑色铁棍，瞳孔泛白，神情极其诡异地对着他们笑了一笑：“即使想跑也跑不掉了，我的手中怎么可以逃过一个活口呢？”

话刚说完，凤鸾就将陈韵儿护在身后，双手却是挥动灵力的动作：“若兮，即使你是小韵的朋友，那也不能伤害她。如果你敢动她一根毫毛，我相信今天我即使是死，也不会让你活着走出嘉川学院。”

凤鸾的话恍如击鼓声，狠狠地敲打在陈韵儿的内心。

他很在乎她，可是陈韵儿注定要辜负他。

“朋友？”凌若兮笑，“那种东西我可不在意啊……”

言罢，就发起进攻，黑色的铁棍犹如夜晚的墨色月牙，在空中不停地挥舞，凤鸾挥启灵力，阻挡了凌若兮的攻势！

几个回合后，虽然凌若兮几度差点儿杀掉凤鸾，但是凤鸾依旧逃过一劫。不过她看出了凤鸾的弱点，其实他如果跟她单打独斗，火系根本不会输，但是现在有个拖油瓶陈韵儿……凤鸾要处处护着陈韵儿，即使不惜让自己受伤。

凌若兮思及此心下一狠一个瞬步飞奔到陈韵儿身后，借着凤鸾喘口气的档儿，一刀挥了下去——

刀砍在了凤鸾的肩膀上，他身体中的灵力伴随着铁棍的切入一点点消失。

“凤鸾！”陈韵儿尖叫，她看不清他们过招的姿势，可是有眼睛的都看得见，凤鸾为陈韵儿挡了一刀，那一刀可能会要了凤鸾的命！

“小、小韵……”凤鸾一口鲜血喷吐而出，“对不起，不能保护你到最后……”

唤灵师的铁棍是会吸取灵力的，凤鸾本身就是除妖师，所以灵力不在少数。

“凤鸾凤鸾……别说话，这次其实应该是我来救你，怎么是你保护我到最后呢。”陈韵儿的话有点儿哽咽，她不知道怎么去解释现在的心情，不过唯一一个坚持的想法就是绝对不能让凤鸾死去！

陈韵儿痛哭："凤鸾，我……是安眠啊。"

是肯定的语气。凤鸾心一惊，又是一阵猛烈地咳嗽。

凤鸾倚在床边，有气无力地呢喃道："小韵都知道了啊……"

凤鸾的话无疑是完全肯定了清水的话。原来，她才是若兮跟牛牛的第三者……若兮对她那么好，都是假的吗？

陈韵儿的身体如同被人抽光了力气，竟然连坐都坐不直了。

"小韵，你知道吗？我从来不知道，失去你会是我这辈子做错的最大一件事情。当初不放你走该多好啊……就算有家人的阻挡，留下你该多好。现在陪着你的就是我，不该是苏璃洛啊……但是苏璃洛，却真真正正地为你付出了一切，他为了你连唤灵师之力都放弃了。"凤鸾苦笑着，不知道该如何解释自己当初的愚蠢造成现在自己的遗憾。如果陪在安眠身边的，还是自己该有多好……

可是，自己亲手放开了她。不怨苏璃洛后来居上啊。

看到陈韵儿震惊得无以复加，凤鸾苦笑道："不过小韵不用担心，因为我的能力是清水移植的，清水本身就是人类，拥有了丝冗的唤灵师之力后才变成了灵力者。但是之后她又将能力移植给我了，这个过程中，移植过来的能力不能算是丝冗的，只能说是清水把能力给了我，所以我还是会死的。小韵，我会以死来忏悔好吗？"

陈韵儿慌了："凤鸾你别误会，我不是想要你死。"

凤鸾伸出手，示意陈韵儿走到他身边，用自己纤长的手指点了点她的眉心："这是我最后的能力了，小韵，就由这个来帮你解脱吧！"

陈韵儿一怔，在眉心被点的一瞬间，她看到了幽蓝色的光芒从中绽放出来，随后脑袋突然不住地疼痛，大片大片的记忆飞入了脑海中。陈韵儿看到银色的长发拂过她的嘴唇，苏璃洛亲吻她嘴唇的前一刻说的一句话，似乎是唇语，现在看起来却很清楚。他说：我可以为了你，放弃我现在的一切，只因为你是安眠。

这句话和之前清水说得很像，她说过：放心吧，对于凌若兮的事情，我必定会放在心上的。不是因为她父亲是学院股东之一，只是因为你是小韵。

什么都不是，只因为是她吗？那到底是因为什么，让几个事不关己的人付出成这样呢？

"我想苏璃洛……并不是真心实意地想要做唤灵师的吧，凌若兮是他未婚妻那件事应该也不是出于他的意愿。苏璃洛跟我一样，遇上你才是最最开心的时候吧。"凤鸾眯了眯眼睛，还是坦诚地说了出来，闷在心中五年多的话终于选择说出来了。

明明知道是他早先一步认识安眠的，明明知道苏璃洛那个家伙是不会始乱终弃的。可是凤鸾还是控制不住自己的强烈欲望，想要和安眠在一起。

凤鸾……你是凭借什么付出那么多的。明明自己也是一个人类，寿命也只有这么点，为什么还要这样不顾一切呢？

从陈韵儿记忆开始，凤鸾就在不停地救她。在宿舍北门的时候，陈韵儿被催眠，那一瞬间以为自己要死了，结果凤鸾救了她。在"厨艺大比拼"的时候为她解围，在"蜀山客"的时候，为了不让别人知晓他们被妖怪追踪，凤鸾私自用了一个不成熟的术，导致能力消失。现在又是为了她，把她推到了安全的地方，自己去面临危险。

凤鸾，你明知道我的心不在你身上。你怎么可以这样付出所有？你把自己看得这样卑微，而我终究不是你的女神。

陈韵儿闭了闭通红的双眼，全身就像是虚脱了似的。凤鸾之前在她额头上的一点，使得她的记忆恢复了大半。那个是封印吧，怪不得以前怎么也想不起来，原来是被封印了啊。可是是谁那么可恶，封印了她的记忆？

她从未想过有一天她也可以牵着凤鸾的手，为了他不顾一切地去做一件事。陈韵儿对凤鸾并不是爱情的爱，而是一种依赖，不可或缺的存在。

陈韵儿睁开眼睛，手里抱着的凤鸾已经渐渐透明，她想起来了……她是安眠，凤鸾的安眠！

在手指触碰到凤鸾的一瞬间，她看到凤鸾的口型：“我这辈子做的最后悔的事情就是没有留住安眠。”

再次去触碰的时候，凤鸾已经消失在空气中了。

再也看不见，摸不到。

她的凤鸾到死为止都保护了她，就算自私也解开了她封印的能力，凤鸾只想要她好好活下去。可是历经那么多事之后，凤鸾怎么还可以笑着说：“我知道，她不爱我。”

对不起，凤鸾。

A NOTEBOOK OF LOVE FOR THE ORIENTAL SAKURA COLLEGE

第十章 10

唤醒

陈韵儿看着自己手心逐渐汇聚的灵力，再看向静静地躺在一侧的若兮，曾经两人欢笑的一幕幕从眼前掠过，她眯了眯眼，努力逼回几乎滚出眼眶的眼泪，一遍又一遍地对自己说：会好起来的，都会好起来的。

只要她唤醒了若兮的记忆，只要若兮想起来她，那么一切都会不一样的。

“怎么，事到如今，你还想要唤醒她？”一道戏谑的声音从身后响起，陈韵儿的身体突然紧绷，猛地转过身去。

一步一步走来的人正是杨沫沁，几乎是转瞬间，她便从玫瑰长街的另一头移动到了陈韵儿的身边，陈韵儿还没来得及质问她，却猛地看到她的身后还拖着另一个人！

“清水理事长！”陈韵儿惊愕道，随即变成了浓浓的愤怒，“你对她做了什么！你这个疯子！”

“疯子？哈哈哈……”杨沫沁却仿佛听到了什么笑话一般尖声大笑起来，“你说得没错，在丝冗选择了她而不是我的那一刻，我就疯了。”

她随手将昏迷的清水扔到了若兮身边，挑眉看向陈韵儿："不如我们来做一件交易，对你好，对我也好。"

"什么交易？"陈韵儿握紧拳头，努力不让自己的身体因为愤怒而颤抖。

"你是最好的灵力储存器，如今又恢复了能力，对我来说实在是再好不过。"她轻轻一笑，手指向躺在一侧的两人，"我放她们自由，而你的灵力，全部归我。如何？"

"你卑鄙！"陈韵儿下意识地反驳道，然而很快她就意识到，自己根本没有任何与面前的这个女人讨价还价的余地。此时此刻，她只有两条路：要么同意，用自己的一身灵力甚至性命来换取若兮和清水的性命，要么拒绝，那么下场就是——三个人都要死在杨沫沁的手下。

杨沫沁太过强大，她实在没有把握能够战胜她。

好像看出了她的犹豫，杨沫沁不紧不慢地靠在电线杆上，似笑非笑地看着她："我给你考虑的时间，不过我的时间很有限，说不定等一下我就反悔了。反正杀了你，我也能得到你的灵力，只是麻烦一点儿罢了。"

陈韵儿深吸一口气，踏前一步："我……"

"小韵！闭嘴！"一道怒喝打断了两人，陈韵儿听见那个声音，浑身一怔，侧头望去，果然是苏璃洛。

陈韵儿惊喜地跑上前去："牛牛，你回来了！"

"你竟然会考虑她的条件？"然而苏璃洛怒不可遏，他伸手幻化出巨大的铁棍，"杨沫沁，你不要欺人太甚！"

“只可惜，游戏的规则掌握在我的手里。”杨沫沁低声念了几句什么，命令道，“若兮，杀掉她吧。磨蹭了这么久，也该结束了。”

不知道为何，陈韵儿竟然从杨沫沁的话语之中听出了一些疲倦。

原本昏迷的若兮缓缓睁开双眼，站起身来，不知道从哪儿变出一把黑色弯弯的铁棍，神情冷漠得让陈韵儿几乎想要呐喊出声来。

若兮！我是小韵啊！

但是，陈韵儿还是没有喊出口，因为她知道现在最重要的是自己怎么逃脱！

似乎看出了陈韵儿还想要垂死挣扎，杨沫沁冷漠一笑道：“苍天御主，地灵王者，予以风云之力，定！”与此同时，她猛地向苏璃洛攻了过去！

陈韵儿的身子在杨沫沁念完那句咒语之后就动弹不得，生硬地僵在原地，任凭她使出吃奶的力气都无法撼动自己分毫。

糟糕！陈韵儿眼角瞥到凌若兮那边不知道什么时候开始聚集了一个黑色的小球，一丝丝雷鸣从那个黑色的小球中传了出来。陈韵儿的眼眸瞬间收缩成针尖大小，她知道，若是被那个黑色小球击中，那么她这辈子都别再想睁开眼睛了！

可是不管陈韵儿怎么动，她的脚步始终没有移动过。瞬间，凌若兮冷漠地抬起头，白皙的脸庞在黑色小球的映照下显得更加白得诡异。

苏璃洛和杨沫沁两人模糊的身形不断变幻，从半空中时不时传出细微的爆炸声也能够听出他们两个人战斗得有多激烈。此时苏璃洛竟然还分心看到了陈韵儿的状况，然而他却无论如何都无法从杨沫沁一波猛过一波的攻击下脱身，只得担心地喊道："小韵！小心！"

"若兮，我是小韵啊！"陈韵儿最后还是忍不住喊了出来，她不相信，不相信连苏璃洛都能够记得她是不可或缺的人。那么这个从始至终都想要保护自己的女生，怎么可以不记得自己！

然而凌若兮眼中的迷茫也只是一闪而过，马上恢复了冷漠的神情。她抬起手，毫不留情地挥动着唤灵师的铁棍，那个黑色的小球就宛如听到了命令一般飞速朝着陈韵儿掠了过去。

陈韵儿心里打了一个突，继而绝望地闭上了眼睛。她完全想不到任何自救的办法。

然而，就在陈韵儿都能够感受到那个黑色的小球已经快要贴上她的脸颊将她吞没，下一秒，却有一只手凭空伸了出来，生生地将那个小球捏碎在了掌心。

"好久不见，小沁。"

只是这回还没等陈韵儿开口，一个温和的男声就在她的身后响了起来。

"小沁，我真想象不到你会这样做。"

这个陌生的男声让陈韵儿皱起了眉头，但是还没等她回头去看，就发现原本与苏璃洛战至半酣的杨沫沁竟然蓦地收手，丝毫不顾及自己背后空门大开，猛地奔了回来。

她怔怔地站在原地，望着陈韵儿的身后。

"丝冗，你回来了吗？你愿意……回到我身边了吗？"杨沫沁突然像个小孩一般哭了出来，倒是让陈韵儿非常诧异，但是在听到"丝冗"两个字之后她也一瞬间明白了过来。

陈韵儿转过头，映入眼帘的是一张温文俊雅的脸庞，那唇边的一抹浅笑的确很容易让人沉醉于其中。

丝冗啊，果真是个好男人呢！陈韵儿心头不知道为何突然冒出了这样的一句话，让她自己都感到有些错愕。

只是，丝冗怎么会突然出现呢？然而这个时候也没人能给陈韵儿一个合理的解释了。

丝冗走到陈韵儿的身边，与她并肩，唇边的笑容不减："不，小沁，我是站在这一边的。乖，跟风烟回去吧，你知道现在抵抗的下场会是怎么样的吗？"

杨沫沁听了丝冗的话，朝他走去的脚步停了下来，一脸愤恨的模样仿佛丝冗说了什么可笑的话："丝冗，你在说什么？我做的这一切都是因为我爱你啊！"

丝冗漂亮的剑眉不着痕迹地皱了皱："小沁，你如果觉得去害一些不相关的人来满足你的欲望是爱我的话，那我要不起你的爱。"

他的目光落在一边，信步走了过去，扶起躺在地上的清水，动作轻柔亲昵，甚至帮她擦了擦面颊上沾染的灰尘："清水，醒醒，清水，我是丝冗，我回来了。"

杨沫沁脸色一白，她死死地盯着丝冗的背影，显然丝冗的动作狠狠地刺激了她，她握着铁棍的手不自觉地紧了紧："丝冗，你不会懂的，那种看别人和自己一模一样的遭遇，但自己不幸，他人却获得了幸福，有多么恨……"

“你想要清水的命，你想要她醒来看到你，那么我成全你。”言罢，杨沫沁低低地念了几句咒语，清水的眼睛慢慢睁开。

“清水！”丝冗带着一丝激动呼唤道。

然而对方却没有任何回应，仿佛丝毫感觉不到他的温度和声音。就仿佛她还活着，但是却感受不到这个世界。

杨沫沁尖声大笑起来：“看到了吗，丝冗，她的命在我手上！丝冗，你知道这是什么咒语，除非我情愿，否则哪怕是我死了，这个咒语也破解不了！”

她大笑着，轻轻舞动手指，原本刚刚有了一点儿微弱意识的清水蓦地放声尖叫起来！仿佛整个人都被撕裂了一般，她的表情痛苦到无以复加，然而很快她的尖叫声就停顿在了一个高音上，竟是生生地再次疼晕了过去！

“杨沫沁，你给我住手！”丝冗再也无法忍受自己最心爱的人为自己忍受这样的折磨，低吼道。

“你终于完完整整地叫出我的名字了。”杨沫沁缓缓放下手，冷声道，“我还以为你巴不得忘了我，从你的生命里抹去我的身影。”她突地笑了一声，“丝冗，我偏偏不让你如愿，我要让你记得我，永远都记得我，永远都无法将我忘记，哪怕……是以恨我的形式。”

丝冗微不可闻地叹了口气，他小心翼翼地将清水扶到边上，似乎也知道要想劝醒杨沫沁几乎是不可能的了。顿了顿，他转过头，对沉默着的陈韵儿轻声说道：“小韵，等会儿你得躲远一些。我的力量只是风烟暂时还给我的，还不能够让我打赢小沁，所以等会儿情况不对了，你就赶紧跑吧！”

陈韵儿摇摇头，语气却是格外坚定：“我不会听你的。就算不为了牛牛，也算是为了清水和你。”

丝冗笑了笑，在陈韵儿提到清水的时候他的眸子黯了黯，却也只是转瞬即逝。

“丝冗，你永远不会明白我有多爱你……”杨沫沁看到丝冗把唤灵师铁棍召唤出来之后，眸子里竟没有一丝退却，而是有着浓浓的爱意。

陈韵儿看着这样的杨沫沁，突然间觉得最可怜的人或许是她。千方百计地，终于让丝冗看见了她的存在，但却……是互相仇视的一刻。

下一秒，杨沫沁和丝冗两人的身影交织在一起，爆发出浓厚的诡异黑芒。

巨大的声响回荡在天地间，力量强大的两个人每一次铁棍的碰触都擦出一连串闪电般的亮光，照亮了一整片的天空。

“小沁，你收手吧，你明明知道结果的，结界已经打开了，你已经没有牵制我们的力量，你没有胜算赢不了的！”丝冗似乎还想最后努力一次，他猛地逼退杨沫沁几乎疯狂到想要与他同归于尽的进攻，在喘息的缝隙中沉声道，“唤灵师一生只能爱一个人，我的爱已经全部给了清水，而你……放下执念，好好转世好吗？”

“丝冗，你也知道，唤灵师一生只爱一个人。我爱上了你，就是这样爱了一生。如果爱你能够停止的话，我也不至于变成今天这样。”杨沫沁缓缓抬起头来，擦掉嘴角沁出的一丝血痕，“你以为我想吗？你真的以为我想要变成这样吗？”

“丝冗，我太过爱你，我自己都无法说服我自己，停止对你的爱。我要你爱我，或者死。”

“丝冗，跟我走好不好？我们去一个没人认识我们的地方，这件事情到此为止好不好？”杨沫沁沉默半晌，似乎是抱着最后一丝希望一般，缓缓说道。

丝冗愣了愣，似乎是没想到杨沫沁到了现在还如此痴心不死，他缓缓地摇了摇头：“小沁，你知道，这是不可能的。”

杨沫沁的脸色几乎是在丝冗摇头的那一刻变得狰狞起来：“若兮，把唤灵师之力暂时借给我。”

凌若兮几乎是没有任何犹豫地将自己手中的铁棍融合进了杨沫沁的身体里。也在那一瞬间，苏璃洛和丝冗都感觉到杨沫沁的力量在节节攀升，而凌若兮却变成了手无缚鸡之力的凡人。

“小沁你疯了！你这样做的后果是灰飞烟灭，你知道吗？”丝冗的眸子微微地眯了起来，怒气在他的胸腔里燃烧着。他虽不爱杨沫沁，但毕竟是从小一起长大的，不可能一丝一毫的感情都没有。

杨沫沁却残忍地笑了，语气轻柔而坚定：“丝冗，我说过了，得不到你我还不如死。”

陈韵儿几乎是被杨沫沁那句话狠狠地震撼了，杨沫沁的确说得很轻松，但她还是听出了绝望包含在里面。

只是陈韵儿还没时间为杨沫沁的决绝和义无反顾震惊，她就感觉到自己周围的空气在一瞬间都凝固了。

“陈韵儿，既然今天我的下场已定，那么无论如何，我也要拉一个人陪我一起走。我想你或许没时间担心苏璃洛，你还是好好担心一下你自己吧。”杨沫沁扬起手，专属于她的铁棍便出现在了她的手中。

杨沫沁不疾不徐地朝着陈韵儿一步步逼近，脸上的微笑残忍而欢快：“是我动手呢，还是让若兮动手更让你痛苦呢？”

“杨沫沁，我不懂，我到底哪里得罪你了，让你非杀了我不可！”陈韵儿愕然说道。

她受不了了！无论是死在杨沫沁手上还是若兮手上，陈韵儿都无法接受！

然而，造成这一切的就是站在她眼前带着残忍微笑一步步逼近她的杨沫沁！

杨沫沁似乎没有想到陈韵儿突然会这么激动，前进的脚步也顿了顿：“你真的想知道？”

陈韵儿倔强地抿着嘴，她不想开口，根本不想和杨沫沁这个恶魔说话！

杨沫沁却突然露出了一个快乐的微笑，说道：“因为你、苏璃洛和凌若兮，就和当初的清水、丝冗和我一般。”

陈韵儿被杨沫沁的话弄得更加迷惑了：“我们根本没有任何关系！”

杨沫沁听了陈韵儿的话之后却变得有些激动起来，她疯狂地喊道：“有的！我们和你太像了！太像了！丝冗就是苏璃洛，我就是凌若兮，而清水就是你！你和清水都是一样的，都是夺走别人幸福该死的人！”

“可是为什么，凌若兮就那么坦然地放了手，让你和苏璃洛能够在他受完惩罚之后就在一起呢！为什么！不该的啊，不该是这般模样的！”杨沫沁的模样疯狂不已，但是她的话却让陈韵儿更加疑惑，“我放不了丝冗，让他受了罚，但是他到走之前都还要留下力量给清水！好让他们能够再一次相见，不过清水那个笨蛋就这么轻易地将丝冗的力量给了别人，却不叫我担心了，因为他们本来就可能在生生世世的轮回中错过一次又一次！不需要我去杀掉清水了，不是吗？”

“那我们呢！我和苏璃洛还有若兮，我们三个又关你什么事情！为什么要这般对我们！”陈韵儿听了杨沫沁的话，不禁为这个女人为爱生恨的心思感到愤怒。

她凭什么以为可以主宰别人的情感，以为她爱别人就一定要别人爱她吗？

最让她感到不可思议的是，为什么要这般害苏璃洛和凌若兮还有她，明明跟他们扯不上丝毫的关系啊！

“不可以！你们三个和我们那么像，凭什么我那么痛苦，凌若兮就可以这么洒脱？凭什么我那么痛苦，你们还可以这么幸福地在一起？”杨沫沁疯狂的话语一字一句都震撼了陈韵儿的心。

陈韵儿想过无数的可能，为什么杨沫沁要针对她们，却在这最后，发现只是为了这么可笑的一个理由。

就是因为他们的经历像，就是因为她痛苦了，所以也不能让她和若兮还有苏璃洛幸福吗？

陈韵儿简直快要笑出来了，这简直是天大的笑话！

无论陈韵儿在心底觉得这一切的一切只是因为这个女人的爱恨多么可笑地发生了，她现在却不能拿苏璃洛的生命开玩笑：“杨沫沁，你太可悲了。”

杨沫沁摇了摇头：“不，我不可悲，我只知道我要让你们和我一样痛苦。这样，你们就会知道我心里有多苦了。”

陈韵儿叹了口气，不知道该说些什么来让这个已经被恨冲昏了头脑的女人清醒过来。

然而接下来的一切发生得快到让她几乎没有反应的时间！

早已暗中凝结了大部分力量的杨沫沁手持铁棍，巨大的闪电球闪烁着刺目的光芒，她几乎将最后所有的力量都灌注在了这一次的攻击上，几乎是瞬间便出现在了陈韵儿的眼前！

陈韵儿根本来不及反应，她脑中甚至来不及愕然，攻击便迎面而下！

然而紧接而来的却是一股大力，陈韵儿只觉得自己被推到了一边。

她愣了一秒，蓦然回头，却看到苏璃洛用肉体为她接下了那样雷霆之势的一击！

“不——”

她尖声叫道。

她冲进那一团闪电散发出的黑雾之中，想找到他的身影。

陈韵儿用手想要剥开这厚重的黑雾，但眼前所及的景物除了黑还是黑，根本看不到任何东西。

陈韵儿心底一阵抽痛，她觉得自己就快要失去苏璃洛了，永永远远地失去他：“牛牛，你回答我！你应我一声啊！”

“苏璃洛，大骗子！你弄出这样的东西想要干什么？出来啊！”

“苏璃洛！我在找你啊，出来啊！不要玩了！”

“牛牛，你出来啊……为什么，为什么……”

不知道喊了多久，直到陈韵儿发觉自己已经喊不出声音了，她还是不死心地在这个看不见任何东西的黑雾中搜寻着。

“接受属于你的审判吧，杨沫沁。”一道隐约熟悉的声音混合着威严响起。

黑雾散去，陈韵儿终于找到了苏璃洛。

她呆呆地抱着奄奄一息的苏璃洛，怔怔地看着眼前发生的一切。

风烟终于赶到了，他双手合十神色平静地望着在最后一击中几乎耗尽了力量，但是面对风烟还想要垂死挣扎，凝聚着最后的灵力的杨沫沁。

“比黑暗还可怕的黑，比深夜还要深的心，在混沌的海上漂浮，金色的黑暗之王啊，我在这里向您请愿，对于阻挡在我前方的所有愚蠢之物，集合你我之力，赐予他们平等的毁灭——重破斩！”

对面的杨沫沁所有的攻击在风烟念完咒语的那一刻烟消云散，像是一只待宰的羊羔一般无助地看着风烟带着审判的神色朝她冲过来。

蓦地，杨沫沁对着丝冗微微一笑。

丝冗一怔，仿佛看到了十几年前的那个连唤灵师是什么都不知道，最纯真的小女孩。

“我不甘心，丝冗，我不甘心。”

这是丝冗听到的，杨沫沁最后对他所说的话。

“牛牛，牛牛，你醒醒！”陈韵儿直到此时才回过神来，发疯一般摇着怀中的人。

她的泪水止不住地落下，然而怀中的人只能微弱地支起眼睛，几乎连话都说不出来。

“风烟，风烟，救救他，救救牛牛！”陈韵儿泪水涟涟地转向风烟，“你一定有办法的，对吗？”

“为什么清水还是没有醒来？”与此同时，另一侧传来了丝冗带着浓重焦急的声音，“清水！”

刚刚收服了杨沫沁的风烟声音也带着疲惫：“那是因为直到最后，她都没有放下你，所以才没有解开咒语。”

“怎么样才能解开咒语？”丝冗沉声问道。

“只有一个办法。”风烟沉吟片刻，叹了一口气，将目光转向了陈韵儿。

他的目光太过复杂和沉重，陈韵儿愣了愣：“需要我做什么吗？无论是什么，只要能救回大家，能让牛牛好起来，我都愿意！”

“只有一个办法可以救大家。”风烟的声音低了下去，“释放你身上所有的力量，只有用你所有的灵力，才可以将这所有的禁锢都解除。但是……”

“但是什么？”陈韵儿提高了声音。

“但是与此同时，你也会被反噬。”风烟表情凝重，“小韵，你要慎重地考虑这件事情。我并不清楚反噬的后果是什么，很有可能……会要了你的命。”

“不管后果是什么，我都要救他们。”陈韵儿毫不犹豫地应道，“所以，请给我释放能力的咒语！”

“不……要……”苏璃洛的口中发出了微弱的声音，他眼神急切，似乎在为自己此时此刻无法阻止陈韵儿的举动而感到异常焦急，“小……韵……不……要……为……了……我……”

陈韵儿摇了摇头，含着泪水在苏璃洛唇瓣轻轻一吻：“傻瓜，我主意已定，你不要再劝我。无论后果是什么，我都会承担。”

风烟叹了口气，将写满了咒语的纸交给了陈韵儿。

陈韵儿看了一遍咒语，又重新看向了怀里的苏璃洛，微微笑了起来：“浑蛋牛牛，真的很高兴很高兴能够遇见你，无论如何，有你，真的太好了。”

从遇见你的那天开始，我就知道我的生命已经跳出了原来的轨迹。

……

“小韵早安。”

第一次看到你真身的时候，我看到你的全身都散发着光辉，我知道这一幕已经注定了我非爱你不可。

……

“你过来，我告诉你。”苏璃洛挥了挥手，示意让她靠过去。

陈韵儿放下手中的碗，走近了几步，将耳朵搁到苏璃洛的嘴唇旁，听他的方案。

“就是要——”苏璃洛热热的气息划过她的耳朵，他用轻不可闻的声音回答道，“让我得到奖励啊。”

说罢，苏璃洛一点儿都不客气地张开嘴巴，死死地咬住陈韵儿的耳朵。

陈韵儿一惊，瞬间脸上绯红。这到底是哪门子的方案啊！

大概过了半分钟后，苏璃洛才松开嘴巴，两颗小小的虎牙似乎很得意地张露在外面。

“你干什么？”陈韵儿面红耳赤地等着苏璃洛回答。

这个家伙怎么回事，好好地让他尝菜，咬她耳朵做什么？害得她现在心慌意乱，脸上的红晕都能煮熟两个荷包蛋了！

……

“小韵你……真是什么都不懂。”苏璃洛吹了一口气在陈韵儿的脸上，琉璃色的眸子眯成一条线，周围的气氛瞬时间暧昧起来。

海风徐徐，窗帘如同海浪一般波动着，陈韵儿抿了抿嘴：“你在说什么，我是不懂。”

如大提琴般的笑声低低地传了过来，苏璃洛站直身子，陈韵儿就立刻退后了几步，以便保持距离。

“小韵好可爱，你真的比开心果还逗。”苏璃洛笑得甚欢，就差抱着肚子在地上打滚了。

……

在我遇到困难的时候，你一次次出现在我面前，说要帮我，我不会拒绝，我也拒绝不了。

苏璃洛，我对你的感情什么时候变成这样深了？

……

“别怕，你先跑到大厅外面，我来断后。”苏璃洛将陈韵儿护在身后，眼神一刻都没有转移地看着眼前的这个妖怪。

即使他现在没有能力，他也要保全小韵，就像丝冗能为了保护清水一样灰飞烟灭，从此不再出现。

这样的事他也可以做到！

“不要，我不要像理事长一样活过50年，最后依旧只是一个人。”陈韵儿抓住苏璃洛的衣袖，竟然猜透了他的心思。

“走吧，我是唤灵师。唤灵师怎么可能没有能力去对付一个妖怪。只是区区一个妖怪而已……”

苏璃洛故作轻松地说道，却被陈韵儿打断。

“如果你有能力，你不会惧怕妖怪，那你为什么刚才不杀了这个妖怪，反倒还要留到现在才告诉我你有能力，你能打败它呢！”

苏璃洛抬眸，看见陈韵儿眼中的坚定。是吗……原来早就把他看穿了啊。那么，要死一起死吧！

“小韵，这次我是说真的。我不能保你周全，但是如果你死了，我一定会跟你一起死的。”苏璃洛第一次用那双狭长的眼睛，认真严肃地看着她。

……

那一次，我们都觉得自己快没命了，所以你对我的“要死一起死”让我很欣慰，对于现在的我而言，我更期待由我来救你。这样，你至少还活着，至少我还有信仰。

……

琉璃色的瞳孔突然发出光彩：“你不会是爱上我了吧？”

刚说完这句话，陈韵儿的内心抖动了一下。

是啊，从来没有放弃过对他的爱，何况是现在呢，她都一直深深爱着。

拒绝不了苏璃洛的好，拒绝不了苏璃洛的温柔，拒绝不了苏璃洛的一切……可是现在的他，已经失去了那段记忆了。

“哈哈哈……爱上……你在说什么呢？”陈韵儿故作夸张地笑了起来，笑到眼泪都快掉下来了。

“不爱吗？”苏璃洛的眼眸中透出了点点失落，却依然嘴角上扬地看着她。

陈韵儿背过身子，惊慌失措地掩盖住了自己的表情，差一点儿就暴露了自己：“我为什么一定要爱你呢？”

苏璃洛耸了耸肩，说道：“真是个不可爱的女生，不过为什么我老是感觉你很眼熟呢。快说实话，你是不是我前女朋友？”

即使知道苏璃洛在开玩笑，陈韵儿的心还是不期然狠狠地抖动了一下。

就算是被人植入了记忆，却还是记得她吗……

可惜他们不是前任的关系，只是还没在一起就被扼杀了的一段感情啊。

牛牛你……对我的感情其实也是很深的对不对？

在这一瞬间，陈韵儿就是如此感觉的。

“不，你认错人了。”陈韵儿调整了一下情绪，收起原本的表情便转身面对苏璃洛，“我怎么可能是你前女友，你不是只有一个喜欢的人吗。那这个人只是若兮，对吗？”

……

即使是失去记忆，你依旧记得我，我知道对于你而言，我也是占据的地位不会少于我对你的。

所以——这一次，由我来保护你。

“我爱你，牛牛。”

她轻柔地放下他，走到前方空旷的地方，轻声念起了咒语。

她的周身瞬间以她为圆心，迭次升起了一圈耀眼却柔和的光芒，那光芒越来越盛，越来越盛，仿佛整个世界都被那一道光芒笼罩。

陈韵儿的身体慢慢地飞起来，她仿佛身在一个巨大的灵力球中，不断地向外释放着能量。

她的身体慢慢趋向透明，她的面容在一片光芒中安详而模糊……

陈韵儿只觉得自己身体中有什么东西不断地渗出来，包围着她的周身，却又慢慢离去，仿佛有一丝一丝的东西被抽离了出来，带着一丝微痒的痛楚，然而她的心底却满满的都是幸福。

她微微低下头，所有的一切此刻在她的眼里变得格外清晰。

她看到凤鸾撑起胳膊，先是难以置信，随即便是惊喜的面容。

她看到清水缓缓地睁开眼睛，而这一次，那双眼中终于有了神采。

清水的眸中终于映入了丝冗的身影，相隔数年的恋人执手相看泪眼，终于紧紧相拥。

她看到几乎撕裂贯穿了苏璃洛整个身体的伤口以几乎肉眼可见的速度愈合，她最爱的人几乎是刚刚恢复了一点儿力气便从地上爬起来，向她奔来，似乎在对她疯狂地喊着什么。

她听不见，只得含笑望着他。

他终于停下不说了，只是仰头望着她，最后缓缓地做出了口型。

我爱你。

他说，我爱你。

陈韵儿凝聚出一个微笑，闭上了眼睛。

A NOTEBOOK OF LOVE FOR THE
RIENTAL SAKURA COLLEGE

尾声

幸福

花洒在半空中飞出彩虹一般的色泽，盆栽中的枝叶逐渐鲜艳起来，蝴蝶兰因为沾染了水汽而显得更加娇嫩，只是那水却足足有一半都洒在了外面。然而浇花的少女却仿若未觉，哼着歌儿随意地洒着水。

大约是感到整个花店都已经收拾好了，少女这才转过身，小心翼翼地一步一步往前走。

她面容姣好，笑容亲切完美。然而她的眼睛却被一条黑布蒙住了。

“小韵，今天就不用洒水了，客户退了一些花，说花有点儿不新鲜。那这些就送给你吧，放在房间里会香气扑鼻，心情也会好起来的。”

花店的老板娘乐呵呵地将一束花塞到陈韵儿的手中，脸上尽是幸福之色。

陈韵儿抚了抚手中的花，笑着说：“谢谢老板娘，家里还真的缺了一些花朵的生气呢。”

话刚说完，花店的门口传来清脆的风铃声，陈韵儿知道肯定是有客人来了，于是笑着摸索了过去。

“您好，请问您喜欢哪种花？今天的蝴蝶兰比较新鲜，老板娘刚刚从花房送过来的。”陈韵儿看不见来人是谁，只是适当地介绍了今天的新鲜花朵。

但是来人并没有回答，花店安静良久之后，陈韵儿的身子狠狠地被抱住。

“沧海桑田，我终于找到你了。”

那个声音让陈韵儿的身体颤抖了一下。

她知道，那个人终究会寻过来。

“牛牛？”

“小韵你真狠心，竟然敢抛弃我跑到这么远的地方来，我……我真怕我找不到你。”

陈韵儿淡笑，她听到苏璃洛的声音带了哭腔，她缓缓地触摸苏璃洛的脸颊，竟然真的有湿润的感觉。

“答应我，再也不能离开我。”

她的身子再一次被抱住，嘴角的笑容温暖地扬了起来。

她点头，再一次点头。

花店外的清水笑着调侃：“真是的，年纪大了，真不该看这种温馨的场面。”

“多亏了风烟才能找到小韵，不过你是不是觉得我抛弃你太久，所以见不得人家温馨？”丝冗坏笑。

清水睁大眼睛，不敢相信这话是从丝冗的嘴巴里说出来的：“丝冗！你学坏了啊！”

“为了娘子，学坏是理所当然的。”

蝴蝶兰在阳光下绽放着光彩，世界又回归到了平静且幸福的状态。

少女007“花样特工”系列强势登顶！

第一甜心莎乐美巴洛克式“烧脑少女文”终极畅享！

X特工大事件——寻找失踪少女薇薇亚！

执行特工：颜圣夜

少年有一双漂亮的琥珀色眼眸，不知道是不是没睡好，他的眼下带着微微的阴影，却并不影响他的英俊，反而让他显得越发迷人了。

此刻，不知道是不是被微风迷了眼，他微眯着双眼，仿佛刚刚睡醒的波斯猫一般，简直就像是陈列柜中精美的人偶娃娃！

代号特长：神之最强大脑+顶级人偶外貌+“懒癌”晚期患者

搭档助手：洛奇奇（重度人偶收集控+完美角色扮演者）

任务1：接近“肉爪控”特洛伊，想办法知道薇薇亚失踪前来找他干了什么。

角色设定：“动物系”的可爱妹子——郝萌萌。身上的衣服总是毛茸茸，还会带有耳朵、爪子等设计，连眼神给人的感觉都湿漉漉的

特洛伊站在路边的树荫下，那头标志性的红发，在阳光的照射下染上了浅淡的金色，仿佛随时都能燃烧起来。他双手撑着膝盖，身体微微前倾，脸上带着肆意的笑容，柔化了那两道剑眉带来的煞气。此刻，他正一脸兴味地看着我。

清晨的阳光远远地照射下来，落在他的眉宇发间，我忍不住心中微微颤动，几乎要迷失在他柔和的眼神中……

此刻，那双暗红色的眼眸正含笑看着我，带着无法抑制的狂热光芒。

我好像知道颜圣夜为什么要让我扮成“动物系”少女了……

他不会把我也当成小动物了吧？人家今天是淘气的小熊猫哦！

可是，这么喜爱小动物的家伙，会是导致薇薇亚失踪的凶手吗？

任务2：接近舍不得杀生，却会在月圆之夜出现凶残人格的温柔绅士伊恩，找到他身上的文身，并且了解薇薇亚最后一次和他见面的目的，确认他是否存在嫌疑。

角色设定：“小太妹”白鹭，一个随时会打破平静，带来灾难的危险人物，同时也是伊恩最没辙的类型。

“所有食物都是最新鲜的，这条鱼，我跟你说，是我亲手杀的……”我说着，指了指饭盒中颜色鲜美的鱼块，又指了指一旁的大虾，笑道，“还有这些虾，下锅前还是活蹦乱跳的呢！”这样说着，我一抬头，却发现伊恩脸色都绿了。

他此刻看着那些鱼虾的表情，就像是看到了凶案现场，然后……就见他的脸色越来越白，越来越白，甚至还有细细的汗珠从他的额头上渗出。

“怎……怎么了？”我突然有点被他的反应吓到了。难道……他恐惧水产类的东西？

“你……你……”伊恩哆嗦着，指着食盒的手指还在颤抖。

“我……怎么了？”我正问着，下一秒，他已经捂着嘴，冲了出去。

我茫然地看着他冲出去的方向，又看了看周围还没完全离去的同学们，一脸茫然。

那天接下来的时间，我没有再见到伊恩，据说他请假回家去做祷告了。

任务3：接近“病娇美少年”约书亚，了解他最后一次和薇薇亚见面的情形，并且找到他身上的那张残图。
角色设定：神经病友哈娜娜，传说也能听到身边所有东西说话。

“娜娜，你知道刚才飞过去的那只鸟对我们说了什么吗？”
“嗯？”刚才有飞过去鸟吗？
“我没注意啊！”
我最近被约书亚的唠叨属性整得已经心力交瘁了。
“嘿嘿，它说明天要是有果子吃就好了。”
“每天虫子吃还不够，它还想要祸害果子？”我忍不住说。
而且，一只鸟明天能不能吃到果子，到底和他有什么关系？
……
“娜娜，书包妹妹说你今天装的东西太重了。”
“娜娜，空气真是太糟糕了，大树爷爷说他的哮喘又发作了。今天我不让司机大哥来接我了，我们一起走路回家吧！”
“娜娜……”
“娜娜……”
……
救命啊！谁来带走这个唠叨的家伙，我快要受不了了！
再不把他拉走，我就真的要变成神经病了！

任务4：接近天使外貌的艾弗里，并且寻找薇薇亚失踪的真相。
角色设定：黑发黑眸的中国娃娃罗程程

如果说约书亚的美是易碎的水晶，那么眼前的艾弗里，便是花田里朝阳的向日葵。
看到我的脸，他漂亮的凤眼弯成妖异的角度，琉璃色的眼眸中瞬间闪过一道光芒，随即，他惊叹道：“漂亮的中国娃娃！”
……
虽然早就知道他喜欢中国娃娃，但是听到他这么直白的赞扬，我还是忍不住一愣，半晌才回过神来，羞怯地回答：“谢谢。”
艾弗里的眼中立刻又闪过一丝异光。他退后几步打量我，突然轻捏着自己的下巴笑了起来：“从今天开始，你就是我的贴身侍女了，以后负责我的衣食住行！”
“啊？”刚刚还想着该怎么进入他的房间，这样的美差就落到了我的头上。
难道我在经历了特洛伊和伊恩那一系列的倒霉事情以后，终于转运了？事实的真相正向我逼近吗？

Fabulous Agent
“花样特工”系列之
圣夜蔷薇纸偶
Tales Of Holy Rose

最终章
到底谁才是让薇薇亚失踪的真正凶手？
一切真相尽在莎乐美『花样特工』系列之——《圣夜蔷薇纸偶》！

X特工大事件二

寻找“希洛男爵假面”！

执行特工：葛蕾娅

镜中的少女有着微曲的栗金色长发，琥珀色的瞳孔，眼角上挑，上扬的眉梢显得英气勃勃，上薄下厚的嘴唇带着淡淡的樱红色。由于有各四分之一的德国与拉丁血统，所以有着较为立体的五官，以及挺拔的身形。

我叫葛蕾娅，今年17岁，除此以外，我还有一个秘密的身份哦！想到这儿，我对着镜中的自己眨了眨眼睛，并且比出了一个“嘘”的手势，神秘地说：“这是个秘密。”

代号特长：二次元“脱线”妹+吊车尾特工学员+幸运少女

搭档助手：杜弗格（完美主义+“遇到葛蕾娅就是衰”星人）

任务1：抓住社团头号公敌——希洛男爵假面，以学生身份潜入学院，掩人耳目，不能暴露特工身份。

圣·玛丽二年级，课间时分，我和杜弗格随着胖胖的班主任走进教室。

我大声地说：“我叫葛蕾娅，不是来交朋友的！更不要以为我来这里是学习的，我可是带着任务来的！不要问我是来执行什么任务的，我是什么都不会说的！但是我要奉劝躲在背地里的鼠辈，你们就算躲得再好，再狡诈狡猾，都会被我抓出来的！”为了配合自己的话，我对着空气隔空一抓，好似很有气势一般。

我介绍的很好吧？带着一种邀功的心理，我转过头，对着杜弗格做出一个翘大拇指的动作，等待着他的表扬。

没想到杜弗格捂着额头低着头，那样子好像在说：我不认识她，我不认识她……

亲爱的，说好的隐藏身份呢？

任务2：未知……

我深呼吸好几次，告诉自己要冷静，要冷静，然后徐徐展开任务卡，在心里默读起来：

学院葛蕾娅：这是你加入X社团以来的第一次正式任务，所以组织上决定派你……

我屏息凝神，怀着激动的心情往下看……可就在这时，一个黑影突然从天而降。

一阵风刮过，屋外的的树木迎风起舞，乌云被吹散大半，清冷的月光洒下来，用柔和的光线照亮阳台。黑白相间的地砖上，一个身形修长的男子半卧在地面上，月光照亮了他的脸，银色的半脸面具反射着柔和的月光，高高的鼻梁与性感的唇在银色面具的掩映下，显出几分动人心魄的妖冶。

“希洛男爵假面！”我忍不住低呼起来。

他伸出佩戴白色手套的食指，在唇前比了个“嘘”的动作，然后一阵咳嗽，吐出一口鲜血来！

我大惊失色，瞪大了眼睛盯着希洛男爵假面，好半天才反应过来：“你……你受伤了！”

他浅浅地一笑：“没什么大不了的。”于是，一切都安静了下来……

随着一声响，阳台上冒起了一阵黑烟。

就在此时，我脑海里浮现出一句话：以上内容为高度机密，30秒后将自动爆炸销毁。

呃，任务卡的内容我还没看的……

任务3：深入调查，作为短期的女仆，潜入重大嫌疑人道格泽也家，必须要有重大发现。

水雾蒸腾的室内，极大的落地窗被欧式的白色宽边褶皱窗帘遮蔽，宽敞的皇家木质高脚长几上，摆着鲜艳的玫瑰。而那水汽的中心，就在通风管道口的正下方。

我定睛看去，首先可以确定的是，那是一个豪华而巨大的欧式浴缸，洁白的釉子，金灿灿的金属部件，还有暄腾腾的泡沫，以及一个裸露上半身、肢体修长、身形结实的美男子！

oh my god！这竟然是幅华丽的美男出浴图！

我被吓得魂不附体——长这么大，我头一次看到如此香艳的美男出浴画面啊！

随即，我便掉进了水中。

突如其来的水花四溅，使得我有种错觉，感觉自己掉进了游泳池！

我吓得胡乱扑腾，扑腾了一会儿，就感觉背后被谁提了一把，我便被人抓着后领子拎出了水面。

“葛蕾娅？你怎么在这里？”

我连忙伸手抹去脸上的水，看向声音的来源。

只见浴缸中的男子，体形优美，皮肤白皙，高鼻深眼，睫毛还很长，修剪整齐并且茂密的头发微微被打湿，轻轻搭在饱满漂亮的额头上，挺拔有型的身体上，那八块腹肌逐渐隐没在水线以下……在他此刻正满脸疑惑地看着我——这个人不是道格泽也还能是谁？

“道，道，道，道格泽也！”我吓得就快咬掉自己的舌头了。

终极任务：头号嫌疑人道格泽也究竟是不是希洛男爵假面呢？

真相只有一个！

敬请关注莎乐美“花样特工”系列之——《希洛玫瑰男爵》！

疯狂游乐场 神奇大视野

谁是“黑魔法”小女巫

“程小诗转学到魔法界最有声誉的魔法学校，一系列的奇异事件接踵而来，小诗调查后了解到，十五年前女巫一族覆灭时曾留下五块冰晶，预言这五块冰晶将会复仇，使用冰晶的生物会进化为神兽……”

小书虫乐乐正抱着90后超人气作家叶天爱的新作《冰晶奇缘》看得津津有味，门“砰”的一声被踹开了，乐乐眼睛瞪得老大，盯着吵吵嚷嚷的小意、笑笑、君君，不明白发生了什么事。

“‘小MM环游奇妙世界’系列第四站·雪雾森林《冰晶奇缘》，乐乐你喜欢少女奇幻书呀，改天借我看看。”笑笑夺下乐乐的书，将一大把冰晶和装着不知名液体的容器放到桌上，乐乐才反应过来，她们来找她玩游戏！

亲爱的MM们，你是不是也很好奇乐乐她们会玩什么游戏呢？别急别急，万能的小编直击现场，快点跟着我的脚步，投进我的怀抱吧！哈哈哈……

1 这个游戏名字叫【谁是“黑魔法”小女巫？】呢？没听懂？没关系，接着往下看哟。

这里有不同颜色的冰晶和五瓶不同颜色（无黑色）的水，谁能够制造出黑色液体，谁就是“黑魔法”小女巫！

首先，选择一块或几块你喜欢的冰晶，它们会指向你的性格和冰晶所具有的“魔力”，也可以用不同颜色的水彩笔代替玩这个游戏哦。

【黑冰晶】：象征权威、高雅、低调、创意，也意味着执着、冷漠、防御。

【白冰晶】：象征纯洁、神圣、善良、信任，给人疏离、梦幻的感觉。

【蓝冰晶】：象征权威、保守、中规中矩与务实。

【红冰晶】：象征热情、性感、权威、自信，是种能量充沛的色彩。

【粉冰晶】：象征温柔、甜美、浪漫、没有压力，可以软化攻击、安抚浮躁。

【橙冰晶】：象征富于母爱或大姐姐的热心特质，给人亲切、坦率、开朗、健康的感觉。

【黄冰晶】：象征信心、聪明、天真、浪漫、娇嫩。

【绿冰晶】：给人无限的安全感受，象征自由和平、新鲜舒适，给人清新、有活力、快乐的感受。

【紫冰晶】：优雅、浪漫，并且具有哲学家气质，给人高贵、神秘、高不可攀的感觉。

2 选好心仪的冰晶了吗？小编点兵点将，点点点，好了！选了绿冰晶，给人清新活力的绿冰晶，还真是跟小编的气质很搭哇……（似乎看到了乌鸦飞过）

然后，再选装有不同液体的容器吧，这里有红、蓝、绿、黄各色液体，乐乐她们早就选好啦。所谓红配绿绝配，小编就选红色液体，不过这红色看着怎么怪怪的。

小意——红冰晶+黄液体

笑笑——黄冰晶+蓝液体

君君——蓝冰晶+红液体

乐乐——红冰晶+黄冰晶+蓝液体

乐乐一个人选的和她们不一样，这是怎么回事？先不管这么多，现在见证奇迹的时候到了。摇一摇瓶子，冰晶慢慢在融化。用水彩笔玩游戏的MM们，用力涂涂涂啊。闭上眼睛数到10，小魔法师们，变！
小意瓶子里的液体变成了橙色！笑笑瓶子里的液体变成了绿色！君君瓶子里的液体变成了紫色！小编的……灰色？感觉整个人都不好了。
乐乐……乐乐的瓶子里竟然出现了黑色液体！谁是“黑魔法”小女巫？还有必要问吗？大家都围着乐乐问魔法“秘诀”。乐乐说想知道答案必须先大喊口号，真是个傲气的小姑娘。小编也想学会这个魔法，你们让开，让小编先来——

启动时空之轮的激烈战役，打响啦！

新鲜街

黑暗料理名单

有一个地方，喜欢它的人，称之为天堂，不喜欢的人，则称它为地狱。它有一百种方法让你待不下去。它最喜欢对自以为是的人出手了。它就是——厨房！嘿嘿！话不多说，小编认识的许多朋友做饭都很好吃，不过，俗话说得好，台上一分钟，台下十年功，就算是世界顶级大厨，也有过不愿言说的黑暗史。你还记得自己做过的黑暗料理吗？

一号选手：我曾经把五个水煮蛋放在铝盆里，然后放进微波炉里热，结果……炸了。我当时并不知道微波炉不能放金属，也不知道整蛋不能放进去，我以为这样就可以做出虎皮蛋……

二号选手：我做过西红柿鸡蛋汤。由于放少了油，鸡蛋有腥味，于是我又回锅，回了两次后变成黑疙瘩汤……

三号选手：有一次我煮面，面捞了，汤还在，于是我直接用面汤洗碗，还倒了洗洁精。后来吃面时觉得太咸，于是又回去加了点儿汤，刚把面吃进嘴里，发觉一股洗洁精味……

小编：嘿嘿！（使劲憋笑）好啦，三位选手都说完了，那么接下来请《放开那美食，让我来》的男女主角——陆扁舟和柳梢青，说说感想。

要知道，这陆扁舟可是被称为“金舌头”（虽然他只会吃不会做），而柳梢青，做出的菜不仅样式美，闻起来也特别香（虽然她完全尝不出食物味道的好坏）！

陆扁舟：下面我就说说虎皮蛋的做法吧！虎皮蛋的做法其实很简单，就是将煮好的鸡蛋放进油锅炸至金黄，之后可以切片炒，也可以用牙签扎洞，用汤煮，乃至入味。当然，这个汤肯定是有味道的，不是简单的开水。

柳梢青：哦——这也太简单了，你看，是不是我做的这样。

陆扁舟：煮鸡蛋时请带壳一起煮。

柳梢青：……（我说怎么有点儿不对）

内容简介

柳梢青从小有个理想，要做出天下第一美食！努力了十几年，她总算成功了一半，凡是看到她做的菜的人，无一不说美，无一不说香，然而……另一半才是至关重要的啊！食物光好看有什么用！这也太难吃了吧！所以，当她得知掌门之子，被誉为金舌头，有着尝遍天下美食的陆扁舟也是同道之友后，毅然拒绝了要将他抓回门派的要求……等等！老爹你说什么？只要我把他抓回来让他继承门派掌门之位，你就不逼我接任长老之位，放手让我去追求理想？成交！只是，掌门，你这资料也太不靠谱了吧？她简直被陆扁舟坑惨了！

新鲜街

"二喵"联手，萌萌美男旋风来袭！！

当猫少爷碰上喵哥，扒一扒魅优白金美少年猫小白与粗线条魔幻少女喵哆哆，两只喵星人在编辑部的故事！
猫小白、喵哆哆，世纪携手，联袂奉上最新力作！
还不快来看！

想要得到与猫小白独一无二的"勾搭"机会吗？现在，福利来了！凡购买猫小白新作《恋爱中的废柴君》，即可获得废柴君刮刮卡一枚！刮开涂层，会有惊喜大福利！拍下刮刮卡，并登陆新浪微博上传，@merry猫小白，神秘美少年将亲自为你兑现福利！

重磅炸弹NO.1

纯良小白浅木堇做梦也没想到，偶像夏川浩居然如天神般降临到她的班级！
而且，偶像居然还频频向她示好？
难道，一场轰轰烈烈的与偶像的粉色恋曲正在到来吗？
只是，她高兴得太早了点！
身边这个长着一副高大帅气皮囊的废柴男楼开翼，简直就是她恋爱道路上的超级绊脚石！
不仅装可怜博同情，还总是破坏她的好事！
可是，自己为什么总是无法拒绝他那明知道是"暗藏玄机"的无辜眼神呢？
而藏在那条蝴蝶项链里的秘密究竟又是什么？
她"命定的恋人"到底是谁，简直太纠结了呀！

幻想志×2，少女魔幻版的《夏目友人帐》，最暖萌的妖之国传奇，最温馨的救赎与牺牲……
少女浪漫瑰丽冒险，爱的路上你和我！

重磅炸弹NO.2

性格骄傲、脾气暴躁的大小姐莎夏，前往骄阳市处理素未谋面的爷爷留下的遗产，居然意外地被卷入专为妖怪们实现心愿的"盛夏明日店"继承风波！误食神药"朱颜"的莎夏一生气就会长大五岁，受到惊吓就会减小五岁，正在她惊慌失措时，却莫名其妙地得到了奇怪的神秘美少年管家——白太初的支持！
欢快粗神经驱魔匠燕小北、妖孽华丽美男苏、来自河畔界的公主殿下萧龙女……一个接一个前所未见的同学出现在莎夏的生命中，这一切，到底是宿命还是另有阴谋？

重磅炸弹NO.3

搞什么嘛？
野餐却倒霉地遇上了有人溺水，费尽力气救了人，还被骂多管闲事！
真是气死我溪慕瑶了！
等等……隔壁家搬来的美少年洛辰汐，为什么看起来那么眼熟？而新来的帅哥班主任居然，也莫名其妙地成为了我的家教……天啊！一切都乱套了！
他们处心积虑要寻找的宝物，到底是什么？清澈美丽的玄月湖底，到底又隐藏着什么秘密？
魅优十年·幻想志，嗒咚咚带你体验不一样的少女奇幻！

千呼万唤始出来——男神真面目曝光！

只要一戴上，就能让所有人爱上你的蔷薇吊坠；只要拥有，就能回到定格时间的蓝宝石怀表——

热爱企鹅的死宅少女盛樱桃，因为一次意外被卷入千年前“美梦炼金馆”的继承风波，莫名其妙地得到了一只许愿精灵，还遇到了生命中最最最讨厌的人——神秘美少年樫夜神！
这一切，到底是宿命还是另有阴谋？
这里是充满东方风情的美梦炼金馆！
只要一戴上，就能让所有人爱上你的蔷薇吊坠，能挽回逝去时间，让人瞬间移动的蓝宝石怀表，蕴藏着古怪秘密的“恋人石柱”……只要你能想到，本馆应有尽有！梦想与宝物配套出售，保证你的人生走上华丽的巅峰！

终极炸弹BOMM！

史上最古怪炼金术师樫夜神，美梦与救赎，传奇正在上演中！

白金美少年作者猫小白首部奇幻大作！真人照首度公开！

还在犹豫什么？

猫氏白日梦，奇幻漂流虚位以待！就等你一个！

选出最喜爱妖精，赢雪国系列新书！

大喇叭： 嘘，告诉你们一个秘密，我发现，桃殿下真的是一个妖精控哦！

证据在此：《樱花魔法，人鱼之恋》《最奇缘，密钥恋歌》《糖心少女》最新出炉的这三个故事全都是以“雪国”为背景，以来自雪国的美貌妖精为主角的暖爱虐心故事呢。

凉桃： 嘿嘿，这已经不算是什么秘密吧？实话实说，因为妖精的魅力真的很大嘛！之前的《别逃，花妖新娘》《哇，妖怪都是美男啊》《绝恋，血色樱花烙》……还有好多都是以妖怪为主角的故事，熟悉我的“樱桃”们也许早就看出来啦，嘻嘻。

某编： 确实确实，妖精的魅力真的无法抵挡！话说有段时间我也很迷和妖怪有关的动漫哦，《夏目友人帐》《滑头鬼之孙》《我家有个狐仙大人》《樱兰高校男公关部》这些都非常经典。

大喇叭： 桃殿下，要不今天我们就来举行一个“妖精魅力大测试”吧！把之前所有的妖怪主角们都列出来，由读者来评选谁才是心目中最具魅力的“妖怪”。

凉桃： 好的。话说我也很好奇，到底最后谁会胜出呢？期待中……

某编： 比赛正式开始喽！喜欢他，就给他投上宝贵的一票！
我先来！为心地善良、温柔体贴的虎牙少年司月点赞！不过遗憾的是，暂时还没有他的肖像画，把他的资料贴在下面，具体形象你们就自行想象一下吧！

司月（《糖心少女》男主角）： 住在一株兰花里的美貌虎牙少年，是一只来自雪国的妖精，雪国领主之子，穿一身纯白的祭祀服。

亡夜（《哇，妖怪都是美男呀》男主角）：

星璃（《别吃我，狐狸帅男友》男主角）：

藏贺（《别逃，花妖新娘》男主角）：

白泽：（《嘘，白泽大人的秘密》男主角）：

好了，以上美男妖怪哪一个才是你最喜爱的呢？欢迎大家踊跃参与投票，选中最后得票数最多的主角，将有机会获得桃殿下“雪国”妖精系列的任意一本新书哦。具体参与方式请关注桃殿下微博，幸运者名单也会在活动结束后第一时间在微博公布。

大喇叭： 末了，再附送一个小福利——《糖心少女》精彩剧情提前看——

湿漉漉的雨季还没结束，梳着马尾的孤单少女，站在滴着雨的屋檐下，隔着一排细碎的雨花，遇见了穿着纯白祭祀服的虎牙少年。

他拉着她进入一个琉璃一样，五彩缤纷的世界。在太阳雨下出嫁的狐狸少女，被南风吹来的樱花精灵，古灵精怪的雪燕妖精，长发及地的俊美藤妖……

雨伞打着旋儿收起，她的世界不再只有雨和雪。

因为她的虎牙少年，在春天的第一朵花开时，带着满满的快乐与她再次遇见。

福尔摩斯の消失的秘密

今天小编在公交车上被挤成了汉堡包，好不容易连滚带爬地到了公司，编辑部却传来一个惊天大消息！

西小洛的新书不见了！！！

于是，编辑部炸成了一锅粥，众小编纷纷化身为夏洛克•福尔摩斯，开启了一场惊（dou）险（bi）刺（you）激（zhi）的推理大赛！真相，只有一个！

【卷毛】（嗖地蹿到窗户前）昨晚我一直加班，窗户没关，所以凶手的作案时间一定是在晚上8点到今天早上7点！那是一个月黑风高的夜晚，凶手凌空而起，啪！倒挂在了编辑部的窗户上，然后趁里面无人，盗走了小洛的新书。

【转转圈】（沉思）可是，凶手为什么要盗走小洛的新书呢？

【卷毛】（凝重）难道小洛跟他有仇？（出戏）哎，小洛，西小洛！你是不是有什么仇人啊？

【小编】嘿嘿嘿，卷毛哥，你跳戏了。

一群乌鸦叫嚣着从卷毛的头顶飞过，卷毛清了清嗓子，气氛再一次凝重起来。

【卷毛】据我所断，凶手一定是想要给我们编辑部造成恐慌，我们不能让他的计谋得逞！

【眼镜妹妹】可到底是什么样的人，会来盗取小洛的新书呢？这本样书刚拿回来，我们还没来得及宣传呢。

【转转圈】（思索）说不定……是内鬼呢。

一时间，编辑部的所有人面面相觑，默不作声。

墙上的时钟指针嘀嗒嘀嗒地一分一秒行进，编辑部静得连掉一根针在地上都可以听得见。忽然，编辑部大门被打开，所有人倒吸了一口气，后背发凉！

【眯眯眼】（怀里抱着小洛的书，眼睛红肿）你们在干吗？

【卷毛】（大喝）眯眯眼！居然是你偷了小洛的新书！

【眯眯眼】（看着怀里的新书，大哭）这本书太感人了！我昨天晚上看了一晚上哭了一晚上，你们看我眼睛，看我眼睛！

【小编】（松了口气）虚惊一场……

【转转圈】有那么感人吗？

【眯眯眼】那当然！（新闻联播脸）西小洛最新力作！转型后的第一本青春成长虐心长篇小说**《彼时年少，守望晴天》**，不要998，也不要98，你就可以，把它带回家！现在在网上订购，你还有机会获得西小洛的亲笔签名和惊喜小礼物，还在犹豫什么？童叟无欺、老少皆宜啊！

编辑部响起雷鸣般的掌声！

【卷毛】（感慨）眯眯眼你太敬业了，我都感动哭了！

【眼睛妹妹】就是就是，真感人。

【眯眯眼】嘿嘿嘿嘿，那，那请我喝杯咖啡吧？

【卷毛】哦，眼镜，上次发给你的广告再给我参考一下呗？

【眼睛妹妹】啊？我给转转圈了，你去找她吧。

【眯眯眼】（走过来）编编？我宣传完了，盒饭呢？

【小编】阿嚏——你说啥？最近感冒了，耳背！

【眯眯眼】你们这群禽兽——

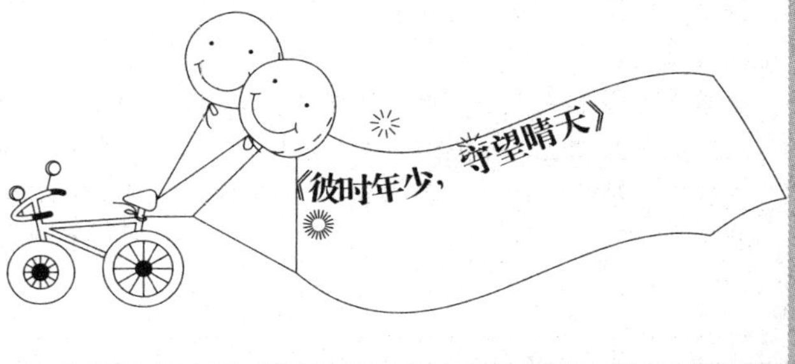

哪家学校
才是你的
最爱？

冬令营计划进行ing

冬天已经悄悄来了，各个学校的冬令营计划已经开始！不同的学校，什么才是吸引人的第一大法宝？当然是帅哥啦！既然学校都来了，我们就来看看各家的帅哥大比拼吧！

北橙中学VS艾利学院

北橙中学代表 相原泽（橙星社社长）

《橙星社甜蜜不打烊》

身高：180

体重：72KG

性格外貌：亚麻色头发，一双黑眸深得看不到底，鼻梁英挺，薄唇，五官的组合如同古希腊雕刻中冷酷的天神。从来到北橙中学开始，蝉联四届社长。

性格：高傲，对在乎的人很好，对无关的人冷漠。

必杀技：蛋糕之王——年轮蛋糕。橙星社长的甜点必杀技，传说中只要吃过他亲手做的年轮蛋糕，就会马上成为他的“脑残粉”！

艾利学院代表 花千叶（花主继承人）

《千叶星光花君殿》

艾利学院四人学习小组的组员，是花界的花主继承人。长成了柔弱系精致少年，但是内在性格很“爷们儿”，属于“外在精致内在糙”的类型。

能听懂花的语言并操控他们，所以知道学校里的所有八卦。为了改变自己柔弱的形象，养成了粗鲁的行为习惯，却因此形成了“反差萌”，被追捧。

制约魔法是“你人真好”的夸赞，一听见这句话，周围的鲜花就会自动开放，本人也自动切换成温柔模式，但一旦解开魔法就会恼羞成怒，加倍生气。

布吉岛学院VS天使学院

布吉岛学院代表
黎休一
（学生会会长）

圣夜·米迦勒
（天使继承人）
天使学院代表

《蜜炼甜心抱抱熊》

黑发褐眼的儒雅美少年，身高1米81，总是带着和煦的微笑。

身为布吉岛学院学生会长，看起来性格很温柔，很好亲近，其实是个十分容易狂暴的人。

从小被爷爷当成继承人来培养，久而久之，性格变得很压抑，人前温柔人后狂暴，还喜欢跟自己的抱抱熊（黎甜心）聊天。

心里对自由而又美好的生活充满了憧憬，又因为身负家族的重担而不能轻易表现出来。

是个地地道道的甜食控，热爱美食，热爱甜食，吃到这些总能让他心情愉快。

《下一站天使学院》

长相如同最耀眼的明星，黑发金瞳，鼻梁高挺，背后一对巨大的白色翅膀，羽翼丰满，典型的米迦勒天使继承人。

父母背叛大天使被关入天使监狱判终身监禁，独自生活在父母留下来的房子里。

就读于暗影学部，是暗影学部唯一的米迦勒姓天使。

因为父母的事而被天使学院里所有天使看不起，因此养成了孤僻又暴躁的性格，脾气很大，却喜欢有人站在身边的感觉。

他主动选择就读于暗影学部，是天使学院里的异类。只要站在他身边，就会被需要。

怎么样？这么多帅哥，总有一款能抓住你的眼球，吸引你的注意吧？快来参加他们所在学院的冬令营，度过一个奇特的冬季！

没错！各款帅哥正在发布中！相关小说正在上市中！

《橙星社甜蜜不打烊》中的甜品社长相原泽、《千叶星光花君殿》里的花主继承人花千叶、《蜜炼甜心抱抱熊》中的学生会长黎休一，还有《下一站，天使学院》里的天使继承人圣夜，总有一款帅哥适合你，总有一本小说在等着你！

快打开故事，掉进他们的奇妙世界吧！

星座来了之编辑部八卦猛爆料

听闻可乐酱2016年的新系列叫“**星座公寓**”，里面有顶级洁癖＋强迫症患者的处女座、绝对智慧＋高傲学霸的天蝎座、另类科研达人＋百变星君的双子座等一系列王子代表。本编辑的工作虽然是写广告，但是特意假公济私地以星座为名，实为读者谋福利，奉上最近的编辑部小八卦。要是你们从中抓到了什么线索，尽情深度挖掘吧！

对象一：巧乐吱

代表作：《上古萌神在我家》、《辛蒂瑞拉的微笑》
星座：水瓶座

观众朋友们大家好，现在是本编辑从现场发回的报导……报导……导……大家不要惊讶为什么会有回声，因为现在本编辑站在吱吱的身后，目测她两边的书山应该会在一个星期内发生倒塌事故，并危害到她座位旁的某编辑。听闻水瓶座随心所欲，今日一见吱吱，名不虚传！

编辑爆料：吱吱在编辑部里桌子最乱，没有之一，经常成为塌方案的现场。吱吱你真需要“星座公寓”里的处女座男主角柏原熙来治一治了！

吱吱：谁说我大水瓶桌子乱？我这是灵魂在书山中自由的飘荡……飘荡……荡……

对象二：七日晴

代表作：《七情记》、《妖舍物语》
星座：射手座

编辑爆料：不知道是不是射手座的天性，小七是编辑部最开朗乐观的一个。前几天天气骤冷，早上根本起不来床，大家来上班都是一脸的苦大仇深。可每次本编辑来到公司，就能看到小七一脸兴奋地站在公司的落地窗前，念咒般地念着：“下雪吧，下雪吧！”寒潮结束时，长沙还是没有下雪。隔天，小七在朋友圈发了一张小得不能再小的雪人图，地点是自己家的冰箱……

我：哪来的雪啊？

小七：刚刚从自己家冰箱上刮下来的。

对象三：**猫小白**

代表作：《美梦炼金馆》

星座：X星座（本人拒绝透露）

编辑爆料：猫少爷最近的新书出了真人明信片，据少爷本人说，他比照片上帅多了。本编辑偷偷告诉大家一个笑话，某天少爷来上班，在公司楼下一边看着大门玻璃自己的翩翩身影一边走，然后华丽地撞在了前面的玻璃门上。目睹了这一切的本编辑表示，喵少爷的自恋可以上天了……

少爷：阿嚏！谁在背后说我？

对象四：**锦年**

代表作：《青鸟飞过荆棘岛》

星座：双子座

编辑爆料：锦年大人是一个典型的双子座。前两天本编辑和她一起去吃饭，翻来覆去一起把菜单看了五遍都没有点好菜，全程的对话如下——

我：你以前不是喜欢吃虾吗？

锦年：最近不喜欢了。

我：你以前不是喜欢吃生菜吗？

锦年：前几天不喜欢了。

我：你以前不是喜欢吃鱼吗？

锦年：早就不喜欢了！

本编辑卒。

对象五：**艾可乐**

代表作：《那怪物真帅》

星座：白羊座

编辑爆料：听说可乐酱这次的新书，第一本写的是处女座和白羊座。按理说，这两个星座完全不搭，可乐酱自己又是白羊座，呃，此举不知道是不是有什么深意啊……

本编辑还听说，“星座公寓”这个系列里的主角们的搞笑事件都是有生活原型的，有几个还是大家喜欢的作者们！大家猜猜是谁吧！

可乐酱：喂！我的新书还没出，你就把料都爆了！还有没有一点我一贯的神秘感啊！

编辑：可乐酱要发飙了，本编辑先走为上……本编辑预计，“星座公寓”系列出来的时候，又会是一场爆料的腥风血雨。

互动有奖调查表

姓名：　　　　年龄：　　　　性别：　　　　电话：

地址：

欢迎来到魅丽优品的新书新貌新世界！全新的改版，浪漫、诙谐、有趣，种种不同的新书预告和介绍，以多彩多姿的面貌呈现在你的面前。在未来的一年里，我们将持续且创新地在每本书后推出各种精彩新书专栏和展示不同内容，如果你喜欢我们精心创作的这份随书附赠的小小礼物，就请回复我们来支持我们吧。

♥ 你的最爱

1. 本期新书预告专栏中，你最爱的栏目是？（多选题，请在最喜欢的几个栏目后打√）

疯狂游乐场　　　　老友记　　　　新秀街

2. 本期新书预告专栏中，你最爱的新书是？（请根据你喜欢的栏目内容标明你喜欢的3本新书）

____

____

____

3. 本期新书预告专栏中，你最喜欢的作者按顺序是？（请列举三位）

________、________、________

4. 本期的图和文字，你更喜欢哪一种？（二选一，在选项后打√）

图画排版　　　　文字内容

♥ 线下投票：

填好以上表格，将它寄回魅丽优品的大本营：

湖南省长沙市开福区黄兴北路89号上城金都南栋21楼　魅丽优品　市场部　收

你100%有机会得到我们送出的礼品一份。

♥ 线上投票：

如果不想寄信，你可以登录我们的微博和微信进行投票，也有机会得到我们送出的新书一本哦。快来扫一扫，进行线上投票吧！

魅丽优品微博二维码　　魅丽优品微信二维码　　瞳文社微博二维码　　瞳文社微信二维码

樱之学院恋之簿
LOVE FOR THE ORIENTAL SAKURA
NOTEBOOK OF COLLEGE

ANOTBOOK OF LOVE FOR THE
ORIENTAL SAKURA COLLEGE

魅丽优品投稿专用信箱：merry_book@126.com
魅丽优品官方网站：www.merry520.com
邮购电话：0731-84887200转666
魅丽优品官方QQ：980103911